捉迷藏

周藻 著

北方文艺出版社

图书在版编目(CIP)数据

捉迷藏 / 周蘡著. -- 哈尔滨：北方文艺出版社，2023.6

ISBN 978-7-5317-5857-0

Ⅰ.①捉… Ⅱ.①周… Ⅲ.①小小说-小说集-中国-当代 Ⅳ.①I247.82

中国国家版本馆 CIP 数据核字(2023)第 046984 号

捉迷藏
ZHUOMICANG

作 者 / 周 蘡

责任编辑 / 赵 芳　　　　　　　装帧设计 / 书香力扬

出版发行 / 北方文艺出版社　　　网 址 / www.bfwy.com
邮 编 / 150008　　　　　　　　经 销 / 新华书店
地 址 / 哈尔滨市南岗区宣庆小区 1 号楼
发行电话 / (0451) 86825533

印 刷 / 四川科德彩色数码科技有限公司　　开 本 / 880mm×1230mm 1/32
字 数 / 200 千　　　　　　　　　　　　　印 张 / 8.25
版 次 / 2023 年 6 月第 1 版　　　　　　　印 次 / 2023 年 6 月第 1 次印刷

书 号 / ISBN 978-7-5317-5857-0　　　　 定 价 / 52.00 元

摹写百态人生
——读周蓁的小说集《捉迷藏》

顾建新

周蓁的《捉迷藏》是一本微型小说、闪小说、短篇小说精选的合集，展示了他近年创作的成果。

作者把他的摄像机，紧紧对准当今社会的普通大众，写出了形形色色的情景，给我们以启示。他的小说，构思新颖，角度独特，题材比较广泛，有写农民的，有写农民工的，有写教师的，有写留守儿童的，大多写的是当下，能号着时代的脉搏。其特点是，多通过个案，展示现代社会的百态，不注重情节上的奇巧，而重在挖掘人性的本质，多在对现实弊端的揭露和思考上下功夫。

短篇小说《趁着月色放风筝》，是一篇内容丰富、发人深省的小说。作品写晓强大学毕业后外出闯荡，美好的理想被残酷的现实击得粉碎，当了一名教师。没想到，这里不是平静的港湾，他由此陷入了更大的危机。小说先写有的老师在外补课，一年挣了几十万,他不肯这么做,被妻子狠狠闹了一通。次写被逼不停地写上报材料,甚至上课时被主任堵在教室门口要材料。三写为了应付频繁的检查,老师不得不造假:在黑板上写上班会的内容,找人做假发言,然后录像上传,可谓机关算尽。当晓强对这一切反感,用放风筝、夜晚写作来消解压力时,又被同事孤立。为了搞好关系,他费尽心力:送水果,不会吸烟硬抽烟,不喜欢打牌学打牌。学校要评职称,他又要给校长送礼、邀唱歌,百般讨好社会。为了改善生活,他办起了托管班,虽发了财,却被家长投诉。小说从主人公晓强的视角出发,呈辐射状地揭示了一系列鲜为人知的怪现状。虽没有惊心动魄的大事件,但因其真实地反映了我们社会中的种种问题,而引起读者深深的思索。小说中写的事件,也许我们曾经见过,但往往熟视无睹。经过作者集中地书写,运用"放大镜"的方式给予突出,就特别地给我们以警示。

  运用侧写,而不是直奔主题,是小说集常用的一种手法,也是作者写作很突出的特色。

  微型小说《角度》,我感到这是作者写得最好的一篇。构思的巧妙、主题的深刻,让我们反复琢磨。有的方家提出,小说要写得"有味"。什么是"有味"?就是读者在咀嚼后,感到有兴致、有所思、有所悟,甚至震动。小说反映的是机关人际关系的复杂,但作者一个字都没有写,只写了主人公在单位成了孤家寡人,回家向父亲诉苦。父亲什么都没说,让他去串亲戚。他不善喝酒,舅舅偏邀他喝,他只能服从;他不会打牌,姑姑非邀他打,他只得应战;他不会唱歌,姨娘竭力劝他K歌,他没有办法,硬着头皮去了歌厅。结果,亲戚都对他非常满意。事情过后,父亲语重心长地对他说,他们喜欢的事,就认为别人也喜欢。主人公幡然醒悟,回去后一改过去的做法,大受同事的欢迎,年底还被推选为工会主席。小说的成功得益于侧写,如果直接披露,就没有这么令人琢磨的兴味了。真正做到不著一字而尽得风流。

老年人的孤独,是当前的一个热门题材,怎样才能写得触动人心、令人感慨呢?《我们团聚了》《阳台的秘密》《笼子》三篇能给人以启迪。小说主题相同,但写法不一样。

《我们团聚了》用的是"黑色幽默"的手法。写刘大爷的儿子、儿媳都外出打工了,他一个人在家寂寞无奈,竟然和蟋蟀结伴,给这些虫子分别以儿子、儿媳、孙子、孙女命名,以此感受"全家团聚"的幸福,最后被人当成了疯子。小说表面看去荒诞不经,是一出闹剧,实际催人泪下。作品大胆的想象,出奇制胜,令人赞叹。

获首届"骏马杯"全国小小说大赛二等奖的《阳台的秘密》也是写老人的孤寂,但是另一种写法,基本是写实的。写老牛被儿子接到城里居住前,把家乡的黄土装了几麻袋。到了新家后,在阳台上种了蔬菜。丰收带给全家人快乐。这个"秘密"让我们有两层感悟:一是到了一个新环境,人生地不熟,老人感到孤独,过去熟悉的事不能做了,又难从事城里的工作,只能靠种菜来度过余下的时光。二是运来了故乡的土，表示老人深深的土地情结、对家乡的依恋。事情虽小，主题的开掘却很深。

《笼子》也是一篇内涵丰富的好作品，是再一次体现作者创作理念和艺术特色的小说。小说不注重情节的特别，而是着力于对人物内心世界的开掘。老年人的孤独寂寞写得非常充分、真实，令我们沉思。

现在，全国开展了各种各样的法治大赛的征文，怎么写得新、写得巧，是一个值得研究的课题。雷同化、浮面化、简单化，是当前小说的一个通病。

获第三届世界华文法治微型小说"光辉杯"大赛一等奖的《捉迷藏》可谓别出心裁。小说写一个男子和小孩们玩捉迷藏。他藏起来，如果被谁找到了，奖钱。第一次，十元，被捉到了。第二次，五十元。最后，一百元。被捉到后，他把手头所有的钱都给了小孩子们。这是一个奇怪的举动，正在读者感到不可思议时，小说突然亮出谜底：他是一个逃犯，最后决定自首。小说的主题是"法网恢恢，疏而不漏"，但没有点出一个字——侧写，仍然是小说取得成功的奥秘。直奔主题的小说往往不能成功。

用真与假的倒错，再一次揭示"假作真时真亦假"的悖谬，《马甲》就是这样的小说。小说写对校长测评，阿明在面对校长时，说尽了赞美的好话；但是，在用微信化名时，又揭露了校长许多不端的行为。结果，他被局长批为"善讲假话"。小说是有意运用矛盾律，来反映社会中这种不正常的情形。它引发我们的思考是：为什么面对面时，不敢讲真话；而用假名时，却敢于直接批评？现实中造成这种非正常的原因究竟在哪里？舆论的不公开，人前一套人后一套，除一些人性的弱点外，还有什么更深层的原因吗？真正的精神重担与压力是怎么形成的？一篇很简短的小说，却给我们这么多的联想。微型小说"以小见大"的特性，在这里得到了很好的彰显。

运用对比，让读者对事态的真相看得更加清晰，也是小说的一种写法。

《纪总的迷茫》写纪总为村民办了不少好事：建舞池、公厕、垃圾池、建水泥路，安路灯，搞路边的环境改造。他不仅招来一大堆非议，而且，舅舅理直气壮地来借十万元，老同学办喜事要了五万。但到了夏天回来一看，舞池堆满了黄豆秆，公厕苍蝇乱飞……所有的投资、改建的努力都付之东流。三年后，纪总要搞一个大工程，谁也不借给他一分钱，而且过去借出的都赖了账。前后工程的对比、人情的对比，都让我们看清楚了人性的弱点与人心的险恶。这篇小说，实际也从一个侧面反映了当前农村扶贫工作的艰难：不是简单地投钱、投物，就能改变落后的面貌。扶贫要先扶人；改变环境，必须先改变人心。在中国，哪一项改革，都非常艰难甚至要付出流血的代价！

《摇到的"微友"》也是运用对比法。小说写一个农村留守女子，丈夫在外打工，不顾她的死活。她生活艰难、精神苦闷，于是结交了一个网友。这个网友对她关心备至，为她排忧解难。

正在她看到生活的希望时，那个网友却被人说成是疯子。冷与暖、真与假，形成了鲜明的两极对照，作品对真情发出了强烈的呼唤。

小说集还有许多可学之处，建议大家去很好地阅读一下。

作者有很大的创作潜力，如果持之以恒，坚持不懈，默默耕耘，精益求精，假以时日，会有更大的成果。

是为序。

2021年9月18日于北京

（顾建新，中国矿业大学中文系教授、主任，硕士生导师。世界华文微型小说研究会顾问，中国微型小说研究会理事，北京微型小说研究会常务副会长。作品曾获第七届小小说金麻雀奖）

目 录
CONTENTS

孝 心	001
迷 雾	005
寻找桃花云	009
归去来兮	012
摇到的"微友"	016
证 据	020
北极星	023
纪总的迷茫	027
月亮船	031
乡村医生	035

欢欢的春节	039
追　梦	042
陷　阱	046
水　患	050
哭　狗	054
悔	057
心　愿	061
漂在1975年的鱼	064
亮　灯	068
马　甲	072
笼　子	076
阳台的秘密	082
我们团聚了	086
寻找恩人	089
捉迷藏	093
沉　默	099
阿贵的呐喊	101
游　戏	105
匿名电话	109
王局长的新年	114

传染病	117
奔跑的电子秤	120
心　罚	124
走就走吧	128
我要清白	131
精彩瞬间	135
书　殇	139
镜　子	143
这回是真的	146
镇长的距离	150
沉默的校舍	153
角　度	156
祖传秘方	159
习　惯	162
丢失的手表	165
雪　夜	167
寻找刘卫娣	170
黑　影	173
对　手	175
回　归	177

寻　根	179
爸是个宝	181
难开的门	183
爷爷脚崴了	185
病　鞋	187
路	189
孝　酒	191
拜　师	194
趁着月色放风筝	209
窗台上的雪人	224
恩　怨	237

孝　心

"嗯嗯，还行，嗯嗯，眼光还行。"老石穿着崭新的羊毛呢大衣，对着穿衣镜，左一照，右一照，屁股扭过来，扭过去，自言自语，满脸的喜悦，一脸的得意。

这件呢大衣，女儿晓美只是让老石试一下，他就舍不得脱，就急匆匆地出了门，在马路上，在巷子里，在家家户户门前晃来晃去。

村民纷纷围过来，投来羡慕的目光，七嘴八舌地议论："又是晓美买的？"老石点点头说："那还用说？三千多呀，呵呵呵，怎么样，看不出来吧？"

"哇！"有的村民伸出舌头，"这样的女儿，养十个也不嫌多。"

"那是，那是。"老石呵呵地笑，脸上洋溢着自豪。

有个白胡子老头，用手在老石的呢大衣上摸了摸，搓了搓，说："这大氅，式样好看，不赖！"大家皆点头赞同。

"晓美真有眼光!"

"不对,不对,是我挑选的,应该是我有眼光,哈哈哈。"老石马上纠正。

这时,村里几个小青年走过来,老石贴到他们身边,扭着身子问:"怎么样,还行吧?"

小青年们轻蔑地瞥了一眼,摇摇头,冷冷地说:"老土!"

老石像被当头浇了一瓢凉水,颈上青筋条条绽出,梗着颈子骂:"小东西,真是没见过世面!我女儿都说好看,都夸我有眼光。她在大城市读过书,什么世面没见过,不如你们?哼!"见老石来了火,几个小青年不还嘴,缩缩脖子,慌忙逃走。老石来劲了,声音更大了:"哼,甭说我吹牛,就是女儿女婿穿什么,戴什么,买什么,都经常请我把关呢。"大伙你望望我,我望望你,又望望老石,没点头,也没摇头。老石又说:"上饭店,晓美总是请我点菜,说老爸喜欢吃的,我就喜欢吃,女婿也说我点的菜好吃。"大伙儿就笑,一阵嘿嘿笑。

这时,老石看见晓美站在门口朝这边张望,就招手叫她过来。晓美扭着腰翩翩走来。老石指着自己的大氅问晓美:"这件大衣是不是我挑选的?我眼光怎么样?你跟长辈们说说。"晓美竖起大拇指说:"嗯嗯,爸爸的眼光真棒!我还经常向爸爸请教呢。"说着晓美掏出手机,后脑靠在老石的肩膀上,说:"爸爸帮我看一下,这几个发型哪个好看?"晓美翻出一张发型图片,放大一点,指给老石看,调皮地说,"一定要说出您的真实想法!"

"放心!"老石戴上老花镜,仔细地看着。图片上是一个年轻的女孩脸,黑发从头顶自然分开,向两边披下来,一直披到胸前,没受任何约束,把一张俏脸包围起来。看着看着,老石叹了一口气说:"多漂亮的脸蛋,可惜被头发遮住了。如果编成辫子,长长地拖在脑后,像水蛇在游,多好看。"晓美说:"谢谢爸爸,我记下了,再看第二个发型。"第二张图片一出现,老石就直嚷嚷:"难看死了!现在的小青年,我不知道是怎么想的,好好的头发,偏要染成枯黄色,像火烧一样。哪儿好看?呸,简直想吐!""我懂了,谢谢爸爸!再看看这条连衣裙。"图片上是条超短连衣裙,老石捂着脸说:"丑死了。敞胸露怀,露胳膊露腿,像什么话!"晓美嘿嘿笑着说:"知道了,爸爸的眼光一流!再看看这条牛仔裤怎样?"老石气得发笑,指着手机上的牛仔裤,对围观的村民们说:"哎哟哟,好好的一条厚裤子,非要洗得发白,非要弄得破破烂烂,就是叫花子也不愿穿呀!我不知道现在的小青年是怎么想的,难道破破烂烂就是美吗?"老石每说一句,身旁看热闹的村民就跟着附和。"哦,我知道该怎么做了。谢谢爸爸,谢谢各位大叔大妈!"晓美笑嘻嘻地拉着老石回家,身后留下一阵赞叹和一片羡慕的眼光。

晓美是个好女儿,从小到大,很懂事很争气。上高中那阵,晓美住校,老石给的生活费不多(给多了她也不要),可她舍不得多花,节省下来的钱,总是买老石最爱吃的东西带回来,回回如此。她知道爸爸嘴刁,这也不吃,那也不吃,所以她从不去地摊或小商店里,都是到大超市买。她考到城里,工作虽忙,还是经常挤时间回家看看,大包小包拎个不停,每次都少不了老石最爱喝的酒,真是知父莫如女呀!女儿贴心,穿着打扮,言谈举止,待人接物,老石望着顺眼,听着舒心。这让老石在村里有了足够的底气,动不动就跟人家说,你看看我家晓美怎样怎样,村民皆点头认可。

一天,老石有急事去城里,事先没和女儿打招呼。在大街上,迎面碰到一个女孩,黄发披肩,敞着胸,露着怀,穿着破旧牛仔裤,两只膝盖探出头来。老石打死也不会相信这个女孩就是晓美。老石厌恶地瞥了一眼,匆匆走过。

晓美知道是爸爸,却装作没看见,急忙闪到一边,打的回家。戴上大辫子假发,换上回乡下穿的本分衣裳。给老石打电话:"爸爸,听说您到城里来啦……站在原处别动,我马上开车接您。"

一见面,老石就气呼呼地说:"刚才碰到个女的,长得好像你,就是穿得妖里妖气的,简直不能望!"

女儿什么也没说,只是笑,嘻嘻地笑。

迷　雾

野塘上罩着一层雾,但我还是看见了钓鱼的光头。

赶紧换上便装下了车,扛着钓竿,提着鱼篓,靠近他,装模作样地钓起来。

瞅准钓鱼空隙,我递给他几支烟,算是介绍信,很快就一见如故。扯了几句钓鱼经,马上就往补课上扯。

一提到刘老师补课,光头的火腾地就上来了,好像一个火药桶,一点就着。光头愤愤地说:"……补课一小时,就收一百块啊!每天有上百学生来送钱,我儿子在外面拼死拼活干一年,也不如他一个暑假挣钱多!"

我笑了笑说:"你钱多了,哈哈,你不补,刘老师把你的孩子绑到他家的吗?"

光头苦着脸说:"唉!我有钱还给他打欠条?……刘拿着试卷找到我,你看看,你孙子考得太差了!……不补课,成绩上不来，我不负责！你说，都在补，我不补能考过人家吗？考不好，儿子媳妇回来还不找老子麻烦……"

"成绩好的，不需要补课吧？"我问。

"刘鬼点子多得很……我隔壁的胖妹，她女儿每次考试都在九十分以上，数一数二。她自豪地说，她女儿不需要补课的……呸！下次考了个倒数第二……"

"怎么会这样？"我瞪大了眼睛好奇地问。

"这家伙！上课马马虎虎的……难题，重点题，上课不讲，补课讲，考试就考这些题目。哼，就是天才也考不出来！"

"不信，你问问我对门的尖嘴。他把刘补课的场面，偷偷拍下来了，还给我看了，好多孩子在补啊！"

"把学生当作摇钱树，应该法办他！"

"对，开除也不过分！"

"你不要嘴狠，如果调查到你，你敢出来做证吗？"我盯着光头满脸的怒色，笑嘻嘻地说。

"敢！老子怕谁！"光头挺直胸膛，无所畏惧。

"你的手机号？我加一下，以便联系。"我悄悄打听过了，光头孩子也在刘老师补课班里。

光头爽快地答应了。

我又跑到我钓鱼的地方，把藏在鱼篓里的黑皮包拿出来，掏出纸和笔，坐在田埂上开始记录我们刚才的对话。

一会儿，我走过来，双手捏着信笺，请他仔细看看我们刚才的对话记录:"对不对?如果对,请签上你的大名并捺手印。"我事先准备好了印泥。

光头扫了一眼信笺上的记录,抬头望了我一眼,又望了我一眼,好像不认识我似的,努力在我脸上身上搜寻着。

他警惕地问:"你是什么人?你想干什么?"

"我是教育局的,刘在有偿补课,外面传疯了,我们苦于找不到证据,找刘谈话,他又百般抵赖……只要你肯站出来做证,就能办他,杀一儆百,就能刹住补课这股歪风。希望你能……"

光头瞥了一眼信笺,眨巴眨巴眼睛,望着我,皮笑肉不笑地说:"行,听你的。"向我伸出手。

我对他信心满满。

光头接过信笺和笔,捏得紧紧的,生怕被人抢走似的。突然黑着脸,说:"你在给我下套,想让我往里钻?嘿嘿!我才不傻呢。"

"瞧你说到哪了?"我哭笑不得。

"刘补课是秃头上的虱子——明摆着的,谁不知道,你偏偏找我做证干吗?"光头边说边把信笺撕得粉碎,手一扬,连同笔一齐扔到河心。

"你,你,出尔反尔!"我指着他说。

"唉!我们是隔壁邻居,抬头不见低头见,古话说,告人一状,三代冤仇,何况孩子还在刘老师班……你要理解。"光头语气和缓无奈地说。

我不气馁，又去暗访胖妹、尖嘴等人，结果一样。

就在我一筹莫展时，有人用微信传来几张图片，啊，是刘老师在不同场合补课的图片，我如获至宝，这次看你往哪跑！

"……你说，怎么办?!"在教育局纪检室，我指着刘老师补课的图片，厉声质问。刘故伎重演，声泪俱下地说："这是有人故意找碴儿……"鼠眼滴溜溜转了转又说，"我，我是补课，可我没，没收钱，我是义务……领导，您要为我主持公道啊，还我……"

这时，有人打来电话为刘求情，说他孩子在家贪玩，管不住，成绩很差，让刘老师辅导，成绩提高了不少；还有人说，他是文盲，孙子问他作业，他一窍不通，交给刘老师才放心……求情的电话，一个接着一个，烦死人！

窗外起雾了，我的眼前一片迷惘。

（发表于《小说月刊》2021年第9期）

寻找桃花云

　　一片红云落在山脚下，覆盖着绿树簇拥的村庄。走近才知道那是盛开的桃花。溪水唱着歌在村前环绕，水泥路宛若阔腰带游进村里。花草吐香，鸟儿欢叫，仿佛在迎接我的到来。我放肆地呼吸着，端着相机，一面欣赏着沿路美景，一面咔嚓咔嚓地拍照。

　　村里静悄悄的，很多人家关门闭户，这么美的地方怎么没人呢？我感到很奇怪。突然冒出几个村民，老远就向我打招呼：有的向我微笑，有的向我点头，有的向我招手。一个白胡子老头笑呵呵地走近我说，来啦！我点着头回敬，来了。有个脑后绾着发髻的老妪碰到我，笑嘻嘻地说，回来啦！我也微笑着说，回来了。有位架着双拐的中年人一边吃力地行走，一边不停地说，欢迎！欢迎！我激动地说，谢谢！谢谢！一只大黄狗窜到中年人前面，朝我汪汪地叫。我吓得往后退。白胡子老头说，别怕，黄狗不咬人，是在欢迎你呢。

我掏出玉溪烟,见人便散一支。有的明显不会抽,咳出眼泪还勉强吸着,似乎不忍拂了我的好意。这里和城里真的不一样,记得初到城里,我钓了不少鱼,不想独自享用,就把鱼分成好多份,用小纸盒精心包装好,楼上楼下挨家挨户敲门。以前住在乡下,有什么好吃的大家一起吃,有什么好玩的大家一起玩,总想着和大家分享。我用力拍门,大声嚷嚷,可有的打开门朝我瞪眼,有的隔着门厉声呵斥我,有的把我送的鱼直接扔到垃圾桶里……

请坐,喝茶!村民热情的招呼声,把我的思绪拉了回来。原来好客的村民纷纷跑回家,扛来板凳桌椅,端来茶水,拎来花生糖芝麻糖。我也把自带的矿泉水和袋装食品分给大家。村民不肯要,说茶是自家栽的,用山泉泡的,比矿泉水强百倍。花生、芝麻是自家种的,不打农药,不撒化肥,不下呋喃丹,真正的绿色食物。我们边吃边喝边聊,天南海北,无所不谈,有时还互相打趣,村民们问这问那,问了很多稀奇古怪的事情,我尽我所能给各位答疑解惑。时不时,村民给我续茶,给我递上花生糖或芝麻糖,反正不让我嘴闲着。大家想怎么说,就怎么说;想怎么笑,就怎么笑,没有任何顾忌,亲如一家人。哪像在单位里,你争我夺,互相踩压。平时说话,讲半句留半句,皮笑肉不笑……

我提出要去河边钓鱼,村民一口应承,说想钓多少就钓多少,分文不收。大家都踊跃帮助我,有的挖来红蚯蚓,有的帮我提网兜,有的端茶递水,一直陪着我,不离左右。饿了,我准备掏出自带的干粮，哪知道村民早就准备了饭食，白胡子老头端来一盆菜，绾着发髻的老妪捧来一罐汤，你煮饭，他蒸馒头，中年人还带来了自酿的米酒。在水边草地上铺上一块塑料皮，摆上香喷喷的饭菜。我们盘腿围坐在一起，你吃我一口，我吃你一块，你不嫌我，我不嫌你，哪像在自助餐厅里，饭菜分得开开的，碗筷分得开开的，你防着我，我防着你，生怕染上什么怪病。

晚上，村民都抢着拉我到自家休息，都说家里如何如何宽敞干净，我婉言谢绝，紧靠着古树支起了自带的帐篷。大家陪着我不肯走，说待在家里着急，我好说歹说才把他们劝回家。

夜很深了，我躺在帐篷里遥望着星星，环视着黑魆魆的村庄，阴森森的树木，仿佛置身于孤岛上。单调的溪水声和乏味的虫鸣声搅得我睡不着，我想起来走走，到处黑灯瞎火；我想上网聊天，没有信号；我想唱歌跳舞，没有KTV；我想购物，没有超市……我仰卧在帐篷里，干瞪着眼，胡思乱想，孤独寂寞压得我喘不过气来，难怪年轻人纷纷逃离村庄，只剩下留守老人。

第二天，我执意要走，村民挽留不住，一直送我到村口，难舍难分。面对桃花云，我想和村民合影留念，可惜相机没电。

回到喧嚣的城里，生存的压力山一样大，各种烦恼接踵而至。只有那一片红云时常在我脑际萦绕，赶不走，驱不散。我再次踏上寻访桃花云的路途。可我东奔西走，踏破铁鞋，苦苦寻找，就是找不到那个村庄，那片红云。有人说它消失了，有人说它飘走了……

归去来兮

　　小车缓缓地行驶着，一行行绿松肃立两边。外公深情地看着家乡的田野。
　　母亲拄着拐杖站在村口的古槐下，向远方眺望。几十年了，在外婆的影响下，母亲始终忘不了外公。
　　外婆，外公回家了，您看到了吗？我眼含热泪，喃喃自语。外婆曾经无数次地站在村口的古槐树下，沿着这条路向远方张望；无数次地望着归来的大雁，叹息声声；无数次地指着这条路——那时还是土路，对我说，七十多年前，你外公就是从这条路上被国民党强行抓壮丁的……
　　那年外公正在田里埋头割晚稻，一抬头，发现几个狗腿子端着枪对准他，保长大手一挥，恶狠狠地说，绑起来，带走！外婆得知消息，奔到村口，只看到一群大雁排成人字形，嘎嘎地向南飞去。外婆的眼泪扑簌簌往下流……

在外婆家门口,我双手捧着油布包走下车。外婆,外公回家啦!我轻声呼唤,弓身走进草屋,墙正中悬挂着外婆、外公的遗像。外公的相片,是画师根据外婆的回忆画出来的,永远定格在青春的岁月,年轻英俊,充满朝气。外公离家时,外婆正怀有身孕。后来,外公托人给外婆捎过信,他想回家,不想打仗,自己人打自己人真的没意思……我仰望着外公外婆的遗像,鞠了三个躬。然后捧着红布包,在屋子里到处转转,我要让外公好好瞅瞅他的家:床头放着外公的画像,床还是他们结婚时的床,一起趴过的方方的饭桌,一起坐过的几个矮凳子,一起用过的煤油灯,默默地待在那里,似乎在诉说着什么。几十年了,外婆始终不肯嫁人,独自一人,把外公的遗腹女——我的母亲拉扯大。外婆在世时,经常对我说,这个地方是我们拜堂成亲的地方,这个碗,那个杯子,是你外公用过的……凡是外公用过的,外婆从来不换。那么多年过去了,村里的房子换了一茬又一茬,很多人家都住进了农家别墅,只有外婆还在稻草屋里坚守,无论母亲怎么劝说,外婆坚决不肯离开。

外公在西梁山战斗中死得冤啊!外婆在世时,常常捏着一张泛黄的信笺,默默流泪。上面的字迹有点暗淡模糊,没有写信人的姓名和地址。只是,没头没脑地写着几行字,说外公不愿向解放军开枪,被堵在后面的督战队打死了。可是谁来证明,去哪找证据?那场战斗,外公所在的部队,死的死,逃的逃,有的脱掉军装,混入群众中,隐姓埋名,有的逃到台湾……外婆和母亲多

捉迷藏

次想过，想给外公在村里修个墓，可在那个见到风就是雨的年代，哪敢。

外婆是喊着外公的名字离开人世的。外婆过世前，死死地拉着我的手，一再嘱咐我，要想尽办法找到证据，一定要带外公回家，都是爹娘养的哟！我跪在外婆的床头，努力止住泪水，郑重地点了点头，外婆绝望的眼里，忽然有了光亮。

安葬了外婆，我马不停蹄，四处打听，到处寻找，到过外公曾经打仗的地方，找过很多台湾回归人员，走访过外公战友的后人，都没查清外公的死因。后来，无意间我碰到了外公的老战友，西梁山战斗中唯一健在的老人，今年九十八岁，他不愿打仗，一天深夜，趁乱跳下山崖，脱下国民党军装，混进流亡的难民中，隐姓埋名……他非常肯定地告诉我，外公是被督战队打死的。他含着泪说，我亲眼看见你外公放下枪，往后退……苦苦寻找了几十年，终于有了结果，可现在知道这些，又有什么意思呢。

我站在西梁山主峰，遥望山上山下，心情沉重。江水呜咽，草木悲鸣。当年的战壕掩体，依稀可见，耳边再次响起了激烈的枪炮声和阵阵喊杀声。我坚信，东梁山，西梁山，本是一座山，是一条无情的大江拦腰切断了它，迫使东、西梁山，只能隔江相望，如同牛郎织女。我弯下腰，在外公可能牺牲的地方，掬起一捧被无数阵亡士兵的鲜血染红的黄土，用油布包好……

我虔诚地捧着油布包，默默地向外婆的坟墓走去，身后跟着母亲和我的儿女。我跪在外婆的坟前，从墓里取出骨灰盒，轻轻地打开，把油布包里的黄土捏碎，均匀地撒在骨灰里，用手轻轻地搅拌着，又摇了摇，然后合上盖，重新放进墓穴里。按照外婆生前的嘱托，竖起早就刻好"合坟"及外公外婆名字的墓碑……

这时，忽然听到一阵阵大雁的叫声，我们一齐仰头看天，只见一群大雁，排成人字形，唱着歌，从南方归来……

外婆，大雁归来了，您看到了吗？我在心里默默地念叨。

摇到的"微友"

打电话关机,发信息不回。

他怎么了?

没有他的日子里,特别是夜晚,她是多么孤单,多么无助。她早早关上灯,故意闭上眼。果然,他来了,来到她的脑海。她咀嚼着,回味着那一幕幕令她动心的片段。

他是她摇到的微信好友,离她只有三十公里。

刚开始,他们漫无边际地聊着,有时还互相打趣,很随便,很放松,好像认识多年的老朋友。不知不觉,她就扯到自己的家庭,自己的丈夫。她说,别看她衣着光鲜,外表平平静静,可内心的煎熬有谁知道。死鬼仗着包工程挣了几个臭钱,甩给她一笔钱,就把她打发到农村娘家。而他整天在外面鬼混、玩女人,从来不管她的死活,连女儿都不要。她恨自己瞎了眼,找对象时,挑来拣去,还是看走了眼。她也想出去打工,村里太寂寞了。可孩子尚小，无人照看，实在不忍心抛弃。聊到伤心处，她声音哽咽，泣不成声。他呢，耐心地听她倾诉，从不打断，从不嫌烦，时不时还安慰她几句。

怎么搞的？怎么搞的？是感冒了，还是气管发炎？

大惊小怪干吗？没什么大不了，不就是咳了几声嘛。她嘴上这样说，心里却像喝了蜜一样甜。比起丈夫，他不知好多少倍。

他揪住咳嗽不放，说，甭把小病拖成大病。要慎重，要当心啊！

他要求视频，她有些顾忌。刚认识不久，还不知道他姓什么叫什么呢。

他说，好吧，那你伸出舌头，拍个图片给我看看。她照办。

片刻，他说，舌淡苔薄，头发干枯，虽然你皮肤很白，但没有血色，没有光泽。

她不理解地说，天天用高档护肤品，我的肤色还能比别人差？

他说，女人养颜要由内而外，如果五脏六腑没有调理滋养好，如果心情不好，再好的护肤品，涂到皮肤上也会脱壳的。他又问了她许多问题，比如，是不是经常感觉浑身无力，稍微动一动，就全身冒汗？是不是夏天怕热，冬天怕冷？……

的确如此！她觉得他的每一句问话，都准确地戳到她的心坎上。她欣喜异常，感谢上苍，碰到良医了。她急切地问，怎么办？是打针，还是吃药？

017

他说，大可不必，没那么严重，是药三分毒，药补不如食补，最好通过合理的饮食来调节。根据我的判断，你是气血虚，而且是阳虚。多吃营养丰富、易消化的食品。忌吃生冷油腻辛辣的食物。平时用黄芪、当归、枸杞泡水喝。早上用糯米或粳米掺上杂粮煮粥，外加黑枣、莲子、核桃、薏米、铁棍山药、银耳。多吃羊肉、牛肉、狗肉、韭菜、泥鳅等，长期坚持吃，身体想不好都难。

此后，他不断督促她，一定要按他讲的去做，按他的要求去吃，餐餐问，白天问，晚上问，问个不停，有时深更半夜还要和她语音。不知怎么，她从不嫌烦，心里总是热乎乎的。

本来她只想随便找个人聊聊，打发寂寞的时光，根本没想到，他是那样善解人意，那样体贴细致，以至她常常因为聊天忘记吃饭，忘记睡觉，忘记时间。每次总是他提醒督促。他说，一天三餐，要定时定量。早餐要吃好，中餐要吃饱，晚餐要吃少，每餐少吃一口，活到九十九；他说，晚上睡觉不能超过十一点，每天睡得好，八十不显老；他说，良好的生活习惯决定着人的寿命……她将他的话当作圣旨，不折不扣、自觉自愿地执行。她觉得他是父母之外，对她最好的人。

他们相识，满打满算，只有两个月，可他们无话不谈。一会儿视频，一会儿语音，一会儿打电话。她多次提出要去找他，会会他，但他总是避而不谈。她想也罢，等时机成熟了，再见不迟。

就在他们难舍难分时，他突然失踪了，好像从这个地球上消失了一般。她急得整天像丢了魂似的。

她多处打听，终于找到他的村里。村里人告诉她，他前几天进了精神病医院。她一听，如雷轰顶，胡说！胡扯！她不停地摇头，自言自语，发了疯似的，在村里转悠，问老大爷，问老奶奶，问村里所有人，企图找到他不疯的证据，可大家都说他疯了，在中医药大学读书时，被一个见好爱好的女同学害惨了……她大声说，不可能，他不是疯子！他要是疯子，所有人都是疯子，整个世界都是疯子！

她找到精神病医院，找到医生，固执地说他没疯，他怎么会疯呢？你们是不是疯了？说着说着，她的眼泪就流了下来，流得一塌糊涂。

证 据

开会时间到了,家长们却一个也没有来。

教室被班主任吕老师打扮得漂漂亮亮,桌椅门窗擦得雪亮,地面拖得能照见人;黑板报刚刚出炉,面目一新,墙壁四周贴满宣传画;长条茶几上摆满放好茶叶的一次性纸杯;"班班通"正在播放"防溺水"宣传片;黑板正中那几个红色的美术字更能突出会议的主题。各科任老师做好准备,随时待命,有的负责拍照,有的负责发放传单,有的负责签字……吕老师站在走廊,焦急地向校门口张望,脸上布满愁云。

"你们口信带到了吗?"

孩子们都说带到了。

真是奇了怪了!吕老师疑惑的眼光,在同学们的脸上扫来扫去。往年可不是这样啊,只要他一声令下,家长们就跌跌撞撞一齐往学校赶。开会时间没到,教室就坐满了人,黑压压一片。吕老师拿着事先备好的厚厚的各种材料，什么给学生家长的一封信，什么倡议书，什么承诺书，什么责任书，除了防溺水、防欺凌、防传染，还有交通、食品、毒品等方面，一张一张逐个督促家长签字，按手印，然后拍照，不停地拍照，不符合要求重来，左一张照片，右一张照片，照个没完没了。家长像小绵羊一样，任他摆布。会议很短，吕老师只讲几句话，然后发材料，签字拍照，好像会议就是为了签字拍照。

开会时间过了，还是没有人来，吕老师脑门上沁出汗珠。

"我们做什么事，都要留下痕迹，要学会保护自己，没有证据，假如出了事，谁会承认你没有责任呀。"校长的话又在他耳边响起。也难怪，去年有个小学生放学路上淹死了，家长闹到学校。幸亏这个班主任做事细致，各方面的工作都做到了。上级来调查时，要什么材料，他就出示什么材料，找不出任何纰漏。要不然就要栽大跟头了。

哎！吕老师重重地叹一口气。他开始一家一家打电话。有的说在外地暂时回不来，有的说特别忙走不开，有的说身体不舒服来不了……总之是找各种借口推脱。

没办法，只有挨家挨户家访了。放学后，吕老师夹着班主任记录簿，耷拉着脑袋，没精打采地往村庄走去。到了村里，发现需要家访的人家都门窗紧闭，大门还上了锁。什么意思？走之前，他就打了电话，发了信息呀？

他想起二姐就住在村里，何不去她家问问情况？

二姐听了他的来意后说:"实话告诉你,家长们就讨厌你照相,签字,捺手印,都在议论你,我听到心里也难过。""怎么议论的?"吕老师着急地问。"说你不是在做事,是在摆花架子,搞门道!"吕老师的心里咯噔一下,脸色煞白。仔细想一想,还真是这样子。上次开会他站在黑板旁边,对着图片,打着手势,讲解防溺水知识,表情自然逼真,家长们听得很入神。突然,他发现身体盖住了日期,就嚷嚷着要求同事帮他重拍。家长们你看看我,我望望你,有的在小声嘀咕,有的在嗤嗤地笑。其实家长哪里知道,他以前吃过亏,就是因为照片上没日期,考核时过不了关,还被检查人员批了一顿,说他造假,糊弄领导。

"我是你亲二姐,你和我说实话,是不是拍了照,签了字,按了手印,孩子出了事,你就没有责任了?"二姐盯着他。

吕老师"啊"了一声,怪不得这次发下去的家长安全承诺书,一个家长也没签字呢。上次,会签字的签字,不会签字的按手印。没有不签的,没有不交回执的。片刻,他愤愤地说:"你以为我愿意这么干?我也烦呀!"

二姐白了他一眼:"你们学校那一套,我实在搞不懂。我觉得,就是自找麻烦。如果你真做了实事,问问家长,问问学生,不就知道了吗?还怕上面不承认?非要做那些无用功干吗?"

吕老师点点头,又摇摇头,不知说什么好。

沉默了一会儿,他咬咬牙央求二姐:"凭你在村里的关系,能不能把这些家长找来?今天我豁出去了,只想和他们好好唠唠,不签字,不按手印,不拍照!"

北极星

乌云压住北极星,也压在他心上。寒风逼得他蜷缩在草堆里,不敢乱动。

他犹犹豫豫地掏出了手机。

突然,几团蝙蝠样的黑影,向他俯冲过来,他头一偏,慌忙坐了起来。

环顾四周,空荡荡的野外,只有北风在哭泣,除了孤零零的草堆陪伴着他,啥也没有。

他左思右想,终于拨通了母亲的电话。

母亲接到电话,声音大得吓人,吓得他的手机都在发抖,询问一句接着一句,像连珠炮似的追了过来。

他无声地哭了,泪水糊了一脸,苍白地解释,声音有些颤抖,有些结巴,他故意呵呵一笑,想缓和一下气氛,显示一下轻松,可笑声像哭似的。

沉默片刻，他抹了抹胸口，等到心平气和，才委婉地和母亲商议，他想带个朋友回家。

好啊！好啊！母亲笑着说，你也不小了，能带个女朋友，不让我们烦神，我高兴还来不及呢，还有啥商议的。

当母亲得知，儿子带的朋友是男的，竟然还犯了事，还想到自己家躲几天，这，这？她惊得说不出话，呼吸急促起来。

他慌忙解释，反复解释，朋友不是坏人，真的真的不是坏人，只是一时犯了糊涂。他现在好后悔，好后悔。好朋友遇到难事，关键时刻，我应该帮一把，帮他渡过难关。我们那里偏，周围都是山，万一有情况，跑到山里，找不到的，只要避过风头就不会……他一口气说了好多好多。

电话里一阵沉默，死一般的沉默，只有北风狼一样地吼着。

少顷，母亲说，赖子逮到了。

赖子能逮到？他一惊，二十多年没逮到现在还能逮到？他不信，以为听错了。他一直佩服赖子，认为他鬼点子多，有能耐。赖子是他发小，在老家犯了事，趁着混乱逃脱，狡猾得像只狐狸，有人说他在外面混得很好……

母亲说，真的。

他将信将疑。

赖子是主动投案自首的，母亲又补充一句，随即发来一个视频，他急忙打开。

审讯室里，面对警官的讯问，赖子声泪俱下，这么多年，我东躲西藏，穿得像个叫花子，捡破烂，睡桥下，钻涵洞，不敢走大路，不敢住宾馆，不敢进大医院，人不像人，鬼不像鬼……

他一听，瘫倒在地，好像遭到电击后，又掉进很深的冰窖里，浑身颤抖不止。他一遍又一遍地播放视频，心跳加速，汗毛倒竖。赖子的话，像一颗颗子弹击在他胸口，他的心一点点碎裂。

夜越来越沉，越来越黑，分不清天地，找不到方向，北极星呢？北极星在哪儿？他仰望天空，焦急地四处寻找。

扫黑除恶的宣传，贴满大街小巷路口，充斥着网络，手机上电脑上随处可见；监控探头像天眼一样，到处都有，时刻盯着你，防不胜防，逃亡中的一幕幕又浮现在眼前。近几年，全国都在扫黑，在除恶，在拉网，往哪儿逃，往哪儿躲？他心里一团乱麻，矛盾重重，备受煎熬。

难怪赖子主动投案，只有自首，才有希望，才有活路啊。现在和以前不能比了，科技太发达了，警察太厉害了，犯了错，想跑掉，比登天还难，不要说二十年前的案子，就是三十年前、五十年前的案子，都能查得清清楚楚。

我的儿，谁没有犯过浑，路走错了，要及时回头，不能一错再错，天下没有过不去的坎儿。是真朋友，就应该赶紧劝你朋友自首，越早越好，争取宽大处理。别说是你朋友，就是你犯了事，我也要劝你去自首，把你藏在家里就是害你呀……

他捧着手机，静静地听着母亲的絮叨，不还嘴，泪在脸上肆意流淌，心在慢慢地复苏。

其实，他和那人也没多大恩怨，只是一时冲动，一时糊涂，一时失手，好在那人的伤不致命。

这时，父亲接过电话，声音雷鸣般响起，儿子，无论出了多大的事，我们都不会抛弃你，天大的事我们一起扛！

他不说话，嗯嗯不断，心里逐渐亮堂起来，脸上阵阵发烫，像火烧。亏你还读过书！还好意思和母亲说这样的蠢话！他觉得刚才的想法，好糊涂，好荒唐，好可笑，真想狠狠地抽自己一耳光。

此时，北极星冲出了乌云，正瞅着他笑。他抹了一把泪，对着手机大声说，我知道怎么做了，二老不用担心，不用说了。

躲得了一时，躲不了一世啊！……母亲的话像长鸣的警钟，一直在他的耳边久久回荡。

一夜无眠。

天一亮，他一骨碌爬起来，用凉水洗把脸，抬起头，朝着大路，朝着警徽高悬的地方走去。

纪总的迷茫

纪总接连帮村里做了不少善事：建舞池、公厕、垃圾池，修水泥路，安路灯，进行路边绿化……

谁知，没引来赞扬，却招来密密麻麻的讥诮：

"出什么风头，村里比你有钱的多得很，人家又没……"

"啥意思，是不是想搬回村里住，想回家养老？"纪总二十多年前就搬到省城了，只有老父老母至今守着故土不肯离开。

"听说现在农村户口比城里户口还值钱……"

"不在村里花点……呵呵，谁同意？哼！呆瓜不呆，比鬼都精。""呆瓜"是纪总的小名。

……

其实，纪总回村，看到路面坑坑洼洼，偌大的村子，没有一条像样的路。晚上黑灯瞎火，进出很不方便。要想富，先修路啊！村民跳舞窝在拐角，伸不开腿脚不说，地面不平，有时还崴了脚脖子。垃圾到处堆放,纸皮乱飞。家家户户的露天粪坑,很难看,天气一热便臭气熏天……纪总心里堵得慌,就想帮村里实实在在做点事。

没想到,好心没办成好事,却惹出不少麻烦。

这天,舅舅满嘴酒气,跨进门,理直气壮地说:"呆瓜,拿十万给我,马上要,快点!"口气大,声音大,不容拒绝。

老舅从来没找自己借过钱,肯定有什么急事。纪总马上照办。

"老同学,发大财了啊……做屋、办喜事贷了五万块……这个忙你一定要帮……咱俩同桌啊。"

既然是同桌开口,哪能抹他面子。纪总二话没说,立马手机转给他。

"瓜哥,借三万块给我,救个急……哈哈,你那么有钱……小时候咱俩睡一头啊!"从小在一起放牛的阿非找上门来。

纪总知道他是个混混,好吃懒做,还滥赌,但还是借了,毕竟是发小嘛,只是善意地提醒他:"找点事做,少赌点……"

哪知道,找他借钱的越来越多,纪总有些招架不住。资金都铺到工程上,手头没多少钱,只得硬着头皮找朋友借。乡里乡亲的,伸手哪有缩手的,不碰到难处,谁好意思找人借钱?有的打了欠条,有的欠条都没打,纪总也不在意。

夏天,纪总有事回村,发现路边的野草疯长,跟松树比肩了也没人清理;舞池堆满黄豆秆;公厕气味难闻,蛆蝇乱爬乱飞,冲水马桶，关闭了水龙头；晚上路灯不亮，黑乎乎的，整个村子死气沉沉的。

纪总找来队长一问，队长苦着脸，两手一摊说："钱哪来？薅草费、电费、水费谁出？"

"嘻！"纪总一拍脑袋说，"唉，怪我，怪我没说清……这些费用，我全包了，我按时打到你的卡上，你辛苦缴一下，行吧？"队长勉强点了点头。

"这是舞池，又不是晒谷场，哪个晒的？"纪总指着堆放得乱七八糟的舞池问队长。

"你舅舅干的，我劝他不要晒，你舅舅眼一瞪说，是你家的吗？她们能跳舞，老子就能晒东西！"

纪总叹了一口气，劝说老舅，无果，直到纪总把老舅的庭院铺上厚厚的水泥地坪，老舅才罢休。

三年后的一天，纪总接到一个大工程，需要一笔款垫资。找这个借，找那个借，打这个电话，打那个电话，急得团团转。老父实在看不下去，说："那么多人欠你钱，你干吗不要？"纪总苦着脸，皱着眉说："除非他们自动还，主动找人要，我做不出来。"老父脚一跺："你不要，我要，你这个呆种！"

"大舅哥，哈，哈……资金转不开……你那十万块……能不能……"纪总父亲还没说完，老舅脸色就变了，把茶杯往桌上重重地一磕，愤愤地说："呆瓜不是很有钱吗？就缺我这点？……哼，没钱还糟蹋钱……在村里花了多少冤枉钱，你要呀……哼！

029

找鬼要!"

纪总父亲又找到纪总的老同学:"最近……资金困难……那个五万有没有?"纪总的老同学绷着脸说:"老伯,我要有钱,我会找他借?早知道他这样,我还不……"

纪总的父亲找阿非要,阿非脸拉得老长,说:"你把欠条拿来,嘿嘿嘿……"

纪总的父亲在村里转了一圈,毛也没要到,还碰了一鼻子灰,气得老父把呆瓜骂得狗血喷头。

纪总抱着头,埋到裤裆,老半天才说:"唉,我借出去,就没打算他们还……"

好在朋友们都肯帮他,纪总渡过了难关。

后来,村里发生的事,让纪总震惊:村里人纷纷外出打工,老舅喝酒跌倒,瘫在床上,无人服侍;老同学的父亲起夜跌断了腿;阿非的母亲上吊死了……

月亮船

　　圆圆做完作业，仰卧在床上，干瞪着眼，翻来覆去睡不着，她又开始想妈妈了。

　　乡村的夜静得可怕，关门闭户，只有几个窗口飘出微弱的光。偶尔有一只狗，耐不住寂寞，汪汪地叫几声，表示出它的存在。

　　偌大的房子，只有奶奶的鼾声陪伴着她。空空荡荡的村子里，除了几个背驼眼花耳聋的老人外，都走了。过完年，村里冷冰冰的，好像睡着了。

　　她抬起头，遥望着窗外，弯弯的月亮像一只小船，孤独地航行在蓝蓝的大海上。月亮呀，你要到哪里去？是不是到妈妈那里去？能不能带上我？月亮不睬她，缓缓地默默地航行，好像没听见，好像心事重重，装着一船的忧伤。

　　圆圆只有过年才能和妈妈亲热几天。年一过，妈妈总是在她醒来时，不见了。圆圆哭喊着奔到村口大槐树下，只看到一条无情的水泥路伸向远方，消失在浓雾里，年年如此。圆圆恨这条路，恨这里的大巴，一看到这些就想哭，每年都是它俩密谋，合伙偷空了村里，偷走了妈妈。

　　月亮船在窗前飘呀飘，一直飘到她的眼里，飘到她的心上。

　　呀！月亮船要带她走呢，离她越来越近了，她高兴得叫了起来。机不可失，圆圆一个箭步跳了上去。月亮船载着她欢快地飞着，像箭一样，两旁的星星快乐地眨着眼睛。这时候，妈妈在干什么呢？是不是还在干活儿？是不是也没睡觉？是不是也在想我？照这样的速度，一会儿就能见到妈妈，圆圆禁不住哼起歌来：世上只有妈妈好，有妈的孩子像块宝……唱着唱着，圆圆的眼泪就下来了，止也止不住。圆圆想，每年只有几天和妈妈在一起，也算有妈妈吗？也算一块宝吗？不过和邻村的同学芳芳、盼盼相比，还是强多了。芳芳好几年才能见到妈妈一次。而盼盼呢，就更可怜了，妈妈走六年了，一次也没有回来过。盼盼一提到妈妈就哭，哭得泪水鼻涕一大堆，老师和同学们劝都劝不住。同学们私下里都说，盼盼好可怜，她妈妈跟人跑了，可能一辈子也回不来了。想到这里，圆圆觉得自己还算是幸运的，至少一年还能和妈妈亲热几天，这不，马上就要见到妈妈了，圆圆精气神又来了，扯着嗓子，尽情地吼起来，甜美的歌声，没有任何阻拦，四处飘扬。

　　眼看就要到达妈妈打工的城市了，就在这时，一团乌云拦住了去路，吓得星星都躲了起来，圆圆眼前一片迷茫，看不清方向。为了见到妈妈，圆圆不慌张，不害怕，手脚并用，奋力扑打着乌云，左冲右突。月亮船颤抖着，摇晃着，牛似的哼着。可乌云越聚越多，像黑压压的蝗虫。转眼之间，就吞没了月亮船，吞没了她的喊叫声，圆圆陷进黑暗里。

过了一会儿，月亮船终于冲破了乌云，摆脱了黑暗，又愉快地航行在天空中。圆圆挺立在月亮船上，昂起头，快乐地唱着歌，脸上洋溢着胜利者的喜悦。

到了，到了，妈妈的城市快到了！圆圆站在月亮船上，张开双臂，做出热烈拥抱的姿势。马上就要见到妈妈了，圆圆有一肚子话要亲口对妈妈说：她要告诉妈妈，她期中考试考得很好，数学考了满分；她要告诉妈妈，她把心爱的机器人玩具给了盼盼，她觉得盼盼没有妈妈真可怜；她要告诉妈妈，黑猪长得很肥，妈妈回家时就能杀了；她要告诉妈妈，奶奶老了不少，腿脚不灵活了，她放学回家，书包一放，就帮助奶奶干活儿——喂猪、扫地、浇菜、洗衣……

到了妈妈的城市上空，圆圆蹲在月亮船上，往下一看，夜晚的城市灯光闪烁，像无数的星星飘落下来。她知道妈妈在这里打工，可具体在哪个位置不知道，她只能看到城市的轮廓。月亮船在上空打着转转，不知往哪里飘落，她焦急地东张西望。这时，风来了，雨来了，她冷得发抖，跺着脚，大声呼唤：妈妈，您在哪里，您——在——哪里——

捉迷藏

突然，圆圆睁开眼，泪水糊了一脸，棉被被踹到地下。冻醒了，圆圆才知道自己是在做梦，说梦话。奶奶进来了，拾起被子盖在她身上，拍着她安慰着。

此时，天亮了，月亮下去了。

(发表于《天池小小说》2020年第7期，《小小说选刊》2020年第13期转载，入选《2020中国微型小说年选》)

乡村医生

视频突然中断,打电话不接,发信息不回,妻子到底怎么了?是不是正在分娩?是不是遇到危险了?仿佛看到妻子扭曲变形的脸,仿佛听到妻子克制不住的尖叫,强医生急死了,站在窗前,焦急地搓着手,他恨不能变成能杀百毒会飞的机器人,破窗而出,直接飞到老婆的床前看个究竟。

根据她刚才描述的症状,他判断,妻子极有可能要早产,他很紧张很害怕,着急忙慌地催促妻子赶紧去大医院,越快越好,可话还没说完,她就在他手机里突然消失了,消失得无影无踪。

他打电话向村干部求助,对方正在通话中,他们和自己一样,年夜饭都没在家吃,就奔赴抗疫一线,从白天忙到晚上,从晚上忙到白天,饿了就泡一桶方便面吃,太忙了,太辛苦了,他不好意思再打。

想给邻居打电话,可这几家人还没来得及赶回来,武汉就封城了，至今未归。他住的庄子很小，只有这几户。想给别的村庄熟人打电话，非常时期，到处封村封路封小区，进出必须经过领导同意，怎么到他家来？何况他没隔离之前，天天和病人打交道，人家能不怕，能不担心吗？他怎么好意思开这个口？

发QQ群，发微信群，发朋友圈，请求帮助，不行，还是不行，他无奈地摇着头。平时他很少闲聊，也拒绝加群，必须有的几个微信群，里面的群友都离他很远，远水解不了近渴。何况他不是名人，不是公众人物，不会有人及时看，等人家知道了消息，黄花菜早就凉了。

抗疫的关键时期，偏偏妻子的临产期到了，随时都有可能生产。父母滞留外地，无法赶回，岳父岳母远在他省，疫情期间只能干着急，只能在手机上朝他发发火，反复叮嘱他照顾好女儿。

作为丈夫，他理应时刻守在老婆身边。可他的卫生室，管着上万村民的健康，在这个节骨眼上，身为负责人，又是中共党员，怎么能缩在家里？哪怕有一千条理由，有一万条理由，他也要扔掉。

他主动协助村干部制订防疫计划，挨家挨户敲门发放防疫宣传单，严格排查从疫区回村的人员，每天定时测量居家隔离村民的体温……非常时期，根据上级规定，卫生室要关门，如果哪家有人生病，只要一个电话，不管白天还是晚上，他立即背上药箱，登门服务，随叫随到。有时忙得饭都没工夫吃，像个旋转的陀螺，哪有时间回家照顾妻子。

好在妻子通情达理，不拖他后腿，她说，你忙你的大事，别管我。离预产期还早呢，放心，我没那么娇贵，会照顾好自己的。他感激地点了点头。

一开始，"新型肺炎"只在武汉小范围暴发，大家都不当一回事。当人们从电视上看到，成千上万的医生、护士、军人，冒着生命危险奔赴武汉，可疫情还在蔓延，传染人数还在急剧上升，才知道这种病毒有多么厉害，多么可怕，才知道强医生的可贵可敬。

有好心的村民提醒他，你没有防护服，没有护目镜，只有额温枪和消毒液，你不怕传染吗？你不怕死吗？你不为自己考虑，也要为你老婆和肚里的孩子着想吧？

哪个不怕死啊，强医生苦笑一下说，没办法呀，谁叫我穿上这身白大褂呢。

一天下午，强医生在例行检查中，发现有个村民发烧、咳嗽、头痛、胸闷……经过询问，得知他接触过疫区回村人员，强医生高度警惕，大喊一声，都闪开，让我来！我不下地狱，谁下地狱！他首先向上级汇报，紧接着对病人住所进行严格细致的消毒，嘱咐其家人不要外出，居家隔离，定期接受检测，一有症状，及时上报。又亲自护送这个村民到芜湖指定的防疫医院。经专家确诊，病人果然感染上了新冠病毒。

强医生也被隔离了，隔离期间，他通过视频，时刻监测着妻子的一举一动，一言一行，扳着指头推算妻子的临产期，要求她注意这些，注意那些。每天都在倒计时，还有八天，还有七天，还有六天……时间过得真慢呀，他真正体会到什么叫度日如年……

万万想不到，他如此小心细致，还没等到他回家的那一天，妻子就出事了！

不行，我得回去，就是死也要回去，我不能见死不救，不能眼睁睁地看着妻子在痛苦中煎熬。

可是，一想到自己隔离期还没有结束，如果造成大面积的传染，如果造成疫情扩散，如果……不要说政府和法律饶不了他，就是他的良心也会一辈子不安呀。

唉，可恶的病毒，该死的病毒，他急得直跺脚，眼泪直流。

就在他焦急万分，无计可施时，村干部和妻子同时发来一个视频，他急忙打开，啊，孩子出生了，是个男孩！他惊喜万分。在芜湖市最好的医院里，老婆和孩子静静地躺在床上……女人告诉他，她的手机没电了，这次多亏了村干部，多亏了防疫志愿者及时赶到……

欢欢的春节

这几天，爸爸没有打电话，妈妈也没有打电话。欢欢玩了吃，吃了玩，玩累了睡，自由自在，开开心心。

这不，欢欢刚睡着，就梦见了妈妈，妈妈开着车子，带着自己，带着大包小包，一路往乡下外婆家奔跑。妈妈边开车边对欢欢说，爸爸过年不放假，白天晚上都要站岗；妈妈要去武汉打怪兽，你要听外婆话……欢欢坐在副驾驶座位上，不断地点头，摇头晃脑。她喜欢外婆，喜欢外婆家。她高兴地唱着儿歌，好像听到大白鹅在门口唱歌，好像看到外婆和多多在门口迎接，好像看到热气袅袅的土菜在向她招手。刚到门口，多多就扑过来，她抱起多多，亲热得不行。多多是外婆家一条可爱的小狗，欢欢一来，就和多多打成一片，玩得火热。外婆变着花样，天天给欢欢做好吃的。望着欢欢抱着多多，吃着香喷喷的土菜，妈妈放心地走了。

捉迷藏

多多喜欢和欢欢疯，欢欢也喜欢和多多疯。多多在她怀里，蹭来蹭去，舔她，挠她。欢欢怕痒，快乐地嚷嚷，放下它就跑。她跑到卫生间，多多就追到卫生间；她跑到厨房，多多就追到厨房；她在院子里团团转，多多也紧跟在她后面团团转。欢欢灵机一动，扔一只鸡腿阻止多多。就在这时，妈妈来电话了，要和她视频。这一次，妈妈穿着厚厚的防护服，戴着护目镜，像个登山队员，声音也变了，哑着嗓子，左一遍右一遍地叮嘱她，待在家里，不要出门，勤洗手，少玩游戏，听外婆话……欢欢想问妈妈，剃掉的头发有没有长出来？脸上红肿的勒痕有没有消掉？可妈妈的话，像机关枪射出的子弹，耳朵都能射穿，欢欢的话根本插不进去，只能不停地嗯嗯。妈妈讲完了，马上关机，欢欢急着想问这问那，可惜没有机会。她心想，有多多，有大白鹅陪她，有游戏玩，哼，傻子才出门！外婆只要她玩得开心，只要她不想妈妈爸爸，从来不管闲事。没有人逼她做作业，没有人逼她看书，没有人逼她跳舞弹琴，没有人反对她玩游戏，想怎么玩就怎么玩，自由自在，多快活。这时，多多吃完了鸡腿，又来捣乱，揪着她的衣服，往她身上蹿，一个劲地舔她脖子，她痒得难受，哎哟地叫着。她痒醒了，原来是要小便。

欢欢解完手，爬上床，接着睡。一会儿，大白鹅就来了，来到她的梦乡。大白鹅昂着头，一路摇摆，一路呼喊，晃进卧室，拽她被单，拽她头发，拽她手。她爬起来，舀了一瓢稻子放在水盆里。大白鹅低下头，吃几口，抬起头，仰天长啸几声；又低下头，吃几口，仰天长啸几声，好像它的伟大志向就在天上。欢欢蹲在地上，望着大白鹅痴痴地笑。大白鹅伸着长长的脖子，在她的肩膀上、屁股上，戳两下，又低下头，吃几口。欢欢看得入了迷，舍不得离开。这时，放在室内的手机急速地响起，她急忙奔进卧室，原来是爸爸找她视频，爸爸站在重要路口，一身制服，套着防疫红袖章，戴着口罩和护目镜，像妈妈一样，对她反复叮嘱。欢欢看到漫天的雪花绕着爸爸飞舞，听到寒冷的北风在爸爸耳边呼啸。突然，一辆外省的车子开了过来，爸爸急忙关掉了手机。

欢欢还想和爸爸视频，还想看看爸爸，跺着脚，大声呼喊着，爸爸——爸爸——睁开眼，天亮了，原来又是在做梦。奶奶走进来喊她吃饭，冒出香气的饭菜，摆在大桌上，欢欢边吃边看电视，欢欢看到，很多解放军战士，很多白衣天使，纷纷往武汉急奔……

欢欢问外婆，妈妈爸爸怎么忽然没有了声音？一个多月了，怎么还不回来接她？怪兽怎么那么难打死？

外婆清了清嗓子，强打起精神说，快了，快了！

瞅着欢欢一会儿玩手机，一会儿找多多玩，一会儿找大白鹅玩，外婆扭过头偷偷地抹眼泪。

欢欢哪里知道，爸爸累倒在岗位上，正在住院；妈妈在重症监护室抢救危重病人，正在同新冠病毒搏斗……

(发表于《鸠兹鸟》2020 年第 1 期)

追 梦

苦娃躺在温暖的被套里，一手搂住儿子，一手搂住老婆，搂得紧紧的，浑身的血液在沸腾。儿子占据着苦娃的胸怀，不肯离去。苦娃在哄，老婆也在哄，可儿子就是不肯睡觉，死死抱住苦娃。老婆在轻轻叹息，苦娃也在轻轻叹息。半年多见一次面，谁不想那事？好不容易等到儿子睡着了，松开手时，一声炸雷击碎了他的美梦。他很恼火，翻了个身，使劲闭上眼，继续做梦，继续回味。啪啪，迷迷糊糊中，有人捶了他脑壳两下。他睁开眼，发现工棚漏雨，地上的鞋子都快要漂起来了。

紧张地忙碌了一阵，苦娃还想眯一会儿，可惜天亮了，工头大声催干活！

太阳像个巨大的火炉，把大地烤得直冒热气。苦娃撅高屁股，弓着腰，浑身湿透了，像一头刚从水里爬上来就负重前行的老牛，拼命地推着装着满满砂浆的翻斗车，在工地上飞快地来回穿梭。苦娃做事不惜力，不怕脏，不怕累，还忙里偷闲，时不时瞥一眼前方那棵老树。那棵枝繁叶茂的树，像大伞，像凉亭，离工地不远，他早就看中，想早点干完活，避开工友，悄悄地溜到树荫下做个梦。

中午，工友们聚在一起，喝点小酒，解解乏。苦娃不想喝，他扒拉完两大碗饭，三步并作两步，奔到大树底下，倒头就睡。

树荫下脏兮兮的，苦娃不管，头一沾地，就进入梦乡。这回他梦见了发廊妹。他啥手艺都不会，斗大的字识不了几个，只会卖苦力，累死累活一个月最多挣到三千多，自己留下一点点，大多寄回老家。他不厌其烦地向发廊妹倾诉，发廊妹理解他的苦衷，手法更到位了，动作更温柔了，她嗲声嗲气地说："你年头出来，年尾回去，难道你不想那事？"苦娃说："怎么不想，做梦都想。"她说："优惠点嘛。"苦娃苦笑了一下，还想拒绝，门哐当一声开了，呀！老婆来了，他吓得爬起来就跑。"不要脸！不要脸！"老婆一边追，一边骂，他的脸发烫，腿发软，慌不择路，被门槛绊倒了，摔了个狗啃泥，屁股上还重重地挨了一脚，他疼醒了，睁开眼，原来是工头踢的。工头催促道："赶紧磨光，混凝土快干了！"

苦娃二话不说，一骨碌爬起来，牵着磨光机，一边旋转，一边倒退，噼噼啪啪，像风一样，一大片地坪很快就磨平了。

捉迷藏

　　他又来到那棵大树下，倒头就睡，梦中，他打电话问母亲，关节还疼吗？寄回去的药有效果吗？母亲说，你甭管我，我一把老骨头了，死也能死了，你出门在外，要照顾好自己，该吃吃，该喝喝，不要舍不得，吃了身体不愁金子，一家子就靠你呀，你要有个三长两短……母亲说不下去，声音哽咽。苦娃心里难受，觉得亏欠母亲太多太多，可无论自己多么不孝，母亲从来都没抱怨过他。一想到母亲咧着嘴，一瘸一拐的样子，苦娃浑身阵阵痉挛，眼泪禁不住往下滴。突然母亲红光满面，挥着手，脚步轻快地向他走来，嘴里不停地呼唤，娃啊——娃啊——他欣喜异常，飞快地奔向母亲，母亲张开双臂迎了上来，母亲抚摸着苦娃，把全身摸了个遍，苦娃揉着母亲的腿，母子俩说着悄悄话，就在这时，工头大吼一声："地坪开裂了，赶紧浇水！"他的梦又碎了。

　　干完活，天黑了，苦娃浑身像散了架，他胡乱扒完饭，拖着疲惫的身体，一步一步，艰难地挪到那棵树下，瘫倒在地，尽管蚊虫很多，苦娃不在乎，眼一闭，就鼾声大作，很快就进入梦乡。他梦见自己在城郊买了房子，很小很小的房子，离工地不远，他把全家人接来，母亲的腿疾治好了，孩子长大了，在城里上幼儿园。一家人住在一起，和和美美，有说有笑，再不会受那样的煎熬，再也不用担惊受怕，他抱住老婆，老婆也抱住他，他附在老婆的耳边轻声细语，再苦不能苦孩子……儿子要上——好学校！我就是，吃，吃了，没文化的亏。

工头发现，苦娃紧紧地抱着软鼓囊囊的一捆稻草，叽叽咕咕地含含糊糊地说着梦话，脸上漾出幸福的微笑。工头知道他太累了，不忍心喊醒他，就自己拉着长长的水管子往工地走去。

(发表于《小说月刊》2020年第11期，《微型小说选刊》2021年第7期转载)

陷　阱

古根气呼呼地撞开棋牌室的门，一屁股坐在麻将桌旁，把麻将搓得哗哗响。

三缺一，棋牌室贾老板就撺掇古根，怕什么怕，咱俩合伙，你打。古根正在犹豫，这时老婆插了一句，你从没打过大麻将，不能打啊！古根觉得当众丢了面子，黑着脸说，我非要干！

首次打大麻将，居然赢了，还赢了不少，古根又高兴又惊讶。贾老板拍拍他的肩膀，鼓励他说，运气来了挡也挡不住，你要趁热打铁哟。古根正有此意，又担心煮熟的鸭子飞了，就要求继续和贾老板合伙，这样风险小一些，贾老板眨眨眼说好的。就这样，一连干了几场，赢多赢少，反正总是赢，从未输过。

没想到自己手气这么好。古根觉得自己不简单，胆子壮了，中气足了，一脸不屑地乜斜着老婆，没完没了地埋怨女人，你呀，你呀，就是胆子小，都像你这样，怎么赢到钱？记住，别人能做的事，我就能做……

老婆皱着眉，默默地听着，冷不防泼了一瓢冷水。老婆说，久赢就有久输，见好就收，不能再干了！古根气得直跺脚，指着女人厉声说，张三赢了钱不干了吗？李四赢了钱不干了吗？村里那么多人赢了钱不干了吗？都如你这样，像猫一样的饭量，张三车子除非去偷，李四的房子拿纸钱买呀？你这个臭嘴的女人……古根越说越气，真想狠狠地扇她几嘴巴。女人的脸黄了，叹了一口气，躲进房里关紧门，装作没听见，任他在外面使劲嚷嚷。古根的臭脾气，她早就习惯了。

古根一有空就往棋牌室钻，昼夜不停，一提到麻将，眼就笑眯成一条线。有人劝他，你是有身份的人，要注意影响呀，他一肚子不高兴，有身份怎么啦，别人能干，我就能干！哼，真是脱裤子放屁——多此一举！

虽然是合伙干，但从上场到下场，都是他一个人在战斗，一个人在烦神，既然只赢不输，干吗要让别人沾光？干吗要带人家分钱？如果是单干，不是多赢一些吗？他觉得还是打牌来钱快，有时赢一场比一个月的工资还多，难怪有那么多人喜欢打牌呢。

思来想去，古根委婉地客气地提出要单干，不想合伙。贾老板听了，嘿嘿一笑说，好的，好的，没关系，祝你好运。说完又是一阵嘿嘿。

好景不长，自从单打独斗之后，没过多久，古根就开始走下坡路了，一连输了几场，一场比一场输得惨，老婆亲戚劝他，同事朋友劝他，他听不进去，他在心里暗笑他们没有胆气，没有魄力。他不想辩解，心说，张三王五曾经输得要命，李四赵六以前输得日子不能过，如果都像你们一样，胆小怕事，洗手不干，还能把输掉的钱赢回来吗？还能赢到大钱吗？舍不得孩子，就套不到狼啊。

古根我行我素，继续战斗，马不停蹄，不赢回来，誓不罢休。他不断地虚心向高手请教牌技，还精心研读了几本麻将专著，可还是输。就在他彻底失望时，又开始赢了，赢了几回，又开始输，输了几回，又开始赢，总体是输，输得一塌糊涂。钱输光了，他就到处借，到处骗，找种种借口，编各种谎言。

有好心人私下提醒他，怎么输得这么惨呀，你要警惕，是不是有人玩假？古根不信，一笑了之，如果有人搞门道，那么多人到棋牌室干吗？笑话，输了钱就疑神疑鬼，那我一连赢了好多场，难道我也有假？古根相信，粪堆还有发热时，只要人家输了钱能赢回来，我输了钱也一定能赢回来，无限风光在险峰嘛，他深信不疑。

可无论多么努力，古根还是败北。搞到最后，不管他使出什么花招，都没有人愿意借钱给他了。万般无奈之下，他把黑手悄悄地伸向单位的账，他有这个条件，经他手的款项特别巨大，他发誓，每天只拿一点点，最多拿到十几万就永远住手，这样不会引人注意，别怕，别怕，人家拿了公家上百万上千万甚至上亿也没出事，我只拿了这么一点点钱算个啥啊，怎么可能犯事呢？

没多久，古根就进了监狱。

老婆来看他，捶胸顿足，哭着说，贾老板被抓起来了，原来他在麻将机上偷偷设了机关，他想让谁赢谁就赢，想让谁输谁就输。很多人都在他的麻将机上栽了跟头……

古根如梦方醒，牙齿咬得咯咯响，铁青的脸上，泪水纵横……

水 患

女人失声尖叫,我的天哪,这哪是自来水呀?!

古根闻声赶来,往水池里一望,水像绿色的玻璃,白色的池底淀出一层细沙样的脏污,格外显眼。

女人掏出手机就要拨打水务局电话,古根慌忙拦住了她;女人又要打水厂张老板电话,古根又拦住了她,显得很紧张。女人瞪圆了眼说,这水能喝死人,怎么打不得?古根粗声恶气地说,没有为什么,反正就是不能打,谁都不能打。古根还警告女人,从现在起,和任何人谈心都不能提起自来水的事,以免引起别人怀疑,以免人家嫁祸于你。古根不想解释,女人嘛,头发长见识短,你就是磨破嘴皮她也不一定明白。

这水太脏了,古根断定,全村那么多人,肯定有人向上面打电话,只要举报,这个私人水厂肯定要遭到重罚,很可能彻底关门。如果张老板知道是谁打的,还不恨死他。

都像你这样,那就天天喝脏水吧!女人气呼呼地往沙发上一仰,把手机扔得老远。

古根呵呵一笑,瞅着女人,露出不屑的表情,唉唉,你真是肯烦神,肯生气。你想想,我们没水喝,别人家有水喝吗?十几个村庄有水喝吗?你还担心没人打电话?真是杞人忧天!

女人侧过身,脸朝沙发不睬他。

熬到中午,古根急忙打开水龙头,还是外甥打灯笼——照旧(舅)。

这到底是怎么回事呢?难道人人都在装哑巴?古根打开村里最大最活跃的微信群,全村的高级村民,有头有脸的都在群里。群里还是像往常那样,热热闹闹,叽叽喳喳,吵个没完,争个不停。古根慢慢地仔细翻看,不放过每一条信息,可就是没有关于自来水的消息。他不服气继续往前翻找,终于发现一个视频,急忙打开,果然是从水龙头放水到盥洗池的全过程,古根看得清清楚楚,这个水池里的水和他家的"玻璃水"一模一样,可奇怪的是,竟然没一个人跟帖议论,好像大家都没发现。古根想看看是谁发的这个视频,打开这人的微信,只有微信号,地址,哈哈,远得很,是埃塞俄比亚,朋友圈也打不开。古根苦笑了一下,想到附近人家看看,但又不好意思,怕人家拒绝,现在正是防疫的关键时刻,政府号召大家宅在家里,不要出来,更不要串门。

怎么办?古根想给古四打电话,古四是他好友,离他家不远,同住一个庄子,他家的水出了问题,那古四家的水肯定也出了问题。可是电话怎么打呢？如果说得太直接，太露骨，假如水厂受到处罚，那古四肯定怀疑是他举报的。古根拿着手机，在房间里走过来踱过去，走了好长时间，终于拨通了古四的电话，喂喂，在干吗？吃了吗？这是他精心设计的开头，依照古四的脾气，他判断，古四会说，吃、吃个屁！他这时就假装很惊讶地问，怎么啦？是不是和老婆斗气了？古四会说，斗个屁，你家水能喝吗？能喝呀，好好的水怎么不能喝啊？古根故作正经地说，怎么啦，你家的水不能喝？是你家水管出了问题，还是周围哪家水管冻裂了污染了你家的自来水？古根再进一步诱导古四，生活离不开水呀，你要查呀要问呀，你可以打电话问水厂问镇里问水务局呀……这时候没有水喝日子还怎么过呀？没想到，古四根本没按照古根设计的路线往下走，他的第一句话就偏离了古根预想的方向。古根说，在干吗？古四说，没干吗。吃了吗？嗯。喝茶了吗？嗯。吃什么菜？菜园种的。根本不提自来水的事。古根无从下手，大失所望，随便扯了几句就找个借口匆匆挂了电话。

　　紧接着给鲁庄的鲁文打电话，他不相信，偌大的村子找不到一个敢说敢做的？哪知电话一通，鲁文就抢先说话，吃了吗，古兄？古根反应快，立马反问，你吃了吗？鲁文岔开话题问，早上喝了温开水吗？古根眨眨眼说，你喝了吗？鲁文不答，绕开说，疫情期间要多喝水。古根微微一笑说，是的，防疫阶段，人人都要讲真话，办实事。古根捏着手机，仿佛捏着他那丑恶的嘴脸，轻蔑地说，是的……只要鲁文一张口，古根就能望到他的咽喉，嘿嘿，嘿嘿，想给我下套子，想支使我上当，想和我玩蛇，哼！小样儿，你还嫩了点，我头上也有几道箍呢。他不想和这种人啰唆，无情地挂了电话。

古根犯了犟脾气，每个庄子都打了一个电话，一共打了十八个电话，没想到这些家伙好像都商议好了似的，没有一个提到自来水问题。古根彻底迷糊了，又打开水龙头，还是"玻璃水"！难道只是自家水管有问题？不可能，不可能。他骑上电瓶车戴上口罩，先到镇上买一大桶纯净水再说，他不相信别人家没问题，他坚信总会有人管，总会有人举报。

第二天上午，古根发现张老板在微信群和朋友圈发了几张图片和文字，点开一看，原来是一群人在查看水厂各种设备，水厂取水的源头是一条长长的河，水上漂着厚厚的蓝藻。张老板说，河水上游漂下来很多蓝藻，实在清除不了，我打电话请求镇村协助，请求水务局派技术员处理，这几天给大家带来的不便，敬请谅解！张厂长还发了两个双手合十的表情。

原来如此！古根在微信群里打了一行字，长长地嘘了一口气，如释重负。群里立马响应，纷纷打出一长串"原来如此"！

（发表于《小说月刊》2020年第7期）

哭　狗

老人坐在马路边，脚下是一摊血。

老人搂着一条黄狗，黄狗伸着舌头，腹部一起一伏。

过往车辆从老人身边飞驰而过，甩下一股股白烟和无情的呼啸声。

老人捂着黄狗还在滴血的伤口，一边哭，一边诉。阿宝，我的阿宝，你傻呀，太傻！眼看一辆车子就要碰到我了，你眼尖，突然跳起来，猛地把我撞到田里，不然，你怎会受伤。我打电话报警，警察说人没受伤就好。我抢着说，人没受伤，可狗受伤了。警察找借口推辞说，那地方没有监控，你又没记住车牌号，难查呀，不就一条狗嘛，至于吗？我说狗怎么了？狗也是一条命呀，狗就活该被轧死吗？警察沉默了一会儿说，好吧，你发一个定位。可我是老年手机，上不了网，发不了呀。警察就挂了电话。我打村卫生室电话求救，李医生一听就来火，说我是不是吃饱了撑着难受，为了一条狗，叫我跑那么远，笑话，说完就气呼呼地挂了。阿宝，我的阿宝，你叫我怎么办，怎么办？往年，我能背起一只禾桶，现在怎么这么屎，连一只狗都驮不动，老人一边捶打着胸口，一边呜呜地哭。

阿宝在老人的怀里拱了拱，眼角有清泪溢出。一阵寒风吹来，老人和狗抱得更紧了，相互取暖。

哭了一会儿，老人又说，阿宝，我的阿宝，你傻呀，太傻！去年，我夜里出来解手，滑倒在天井院里，趴在冰天雪地里就是爬不起来，你急得用头拱，用牙拽，用腿支，再怎么努力，我也站不起来。外面出奇地冷，我只穿着单衣薄裳，你怕我冻着，就趴在我身上，我感觉身上像盖着厚厚的温暖的棉被。你大声喊，拼命地喊，一直喊到天亮，喉咙都喊哑了，直到一个收破烂的赶到……我除了摔折了胳膊，由你护着，一点也没冻着。而你呢，差点冻昏了，闭着眼，浑身直打哆嗦。你说你傻不傻。村里人都外出打工去了，村村都是空心村，方圆几十里也很难找到人，你就是喉咙喊出血也没有人回应，何况还是在夜里。

老人把狗往胸口拢了拢，阿宝顺从地往老人胸口靠了靠，老人又哭，阿宝也跟着流泪，哭了一会儿，老人又开始诉说。

阿宝，我的阿宝，你傻呀，真傻！你除了不会讲话，哪一点都不比人差。聪明，懂事，重义气，重感情……有几个老板看上你，出高价买你。我说不要提钱，钱再多我也不卖，我不缺钱。你只要善待阿宝，只要阿宝过得好，我可以白送给你。可你放着好日子不过，偏要跑回来和我守在一起，你傻不傻。

阿宝摇摇头，表示不同意。

我知道你放不下我，我知道你想报答我。可我救你是出于天性，我就是见不得你流泪。当我路过餐馆门口，看到主人拿着刀要杀你，你直立起来，向我作揖，流着泪可怜巴巴地看着我。那一刻，我发了狠心，我就是砸锅卖铁也要把你救下来！你不要把这当一回事，不要老是记在心上，比起我儿子女儿，这点事简直不叫事。我老婆走得早，是我一把屎、一把尿地把两个孩子拉扯大，为了儿女我没有再婚，花血本，拼着老命把他们送进大学。毕业了，他们想到哪就到哪，我从来没有向他们提这个要求那个要求，要这样要那样，从来没有拖他们的后腿，只要他们过得好我就心满意足。儿子在北京，女儿在广州，吵着争着要我到他们那里，跟他们住在一块，可我住不惯，也不想拖累他们。大城市生活也挺不容易，还是在乡下舒坦。他们就比赛着打钱给我，拦也拦不住，可我不缺钱呀，只好替他们存起来……阿宝，你傻不傻，偏要守着我，放着好日子不过。

阿宝又摇摇头，表示不同意。天黑下来了，冷风一阵紧似一阵，阿宝和老人搂得更紧了。

警察找到时，阿宝和老人紧紧地抱在一起，相互取暖，再晚一步，老人和阿宝就快不行了。

悔

他藏在一望无边的稻田里，浑身被汗浸透了。浓密的稻叶和金黄色的稻穗裹得他严严实实，稻芒儿刺着脸，蠓虫儿蜘蛛网似的罩着他，周围的喊叫声和嘈杂的脚步声吓得他丝毫也不敢动。

他不明白，躲在这么偏的村庄，埋了几道暗哨，"天兵"怎么突然就出现了？

一头小鹿一直在心里撞个不停，刚才那一幕幕他不敢回想。

今天好险好险，差点儿就栽到深渊里。一上场就出手不利，这妖怪似的宝盒子有意和他捉迷藏，你猜着三，它偏偏变出四；你押着四，它故意冒出三。"吱啦——吱啦——"他使劲拽着口袋拉链，口袋掏空了，心也掏空了，空得不行。不争气的手指禁不住跳起舞来，控制不住。他眼巴巴地望着一沓沓钱被庄家残忍地俘虏，小山似的堆在庄家管钱的那边，他的心像被盐腌了，嘴里发干发苦；他真想跳将起来，夺过钱就跑，再也不干了，可他做不到，愿赌服输！家里的钱早输光了，值钱的东西也卖完了。今天的钱是找亲朋借的，名义上是"借"，其实是绞尽脑汁糊弄来的，骗来的，诈来的。怎么办？就这样空手回去？他仿佛看到儿子蹲在门口哀号，老婆在咬牙切齿地咒骂，一群人堵在门口吵着要钱，无数双手张牙舞爪地向他扑来，他的脑子一片空白。

他肠子悔青了，不该再赌，不该不听劝阻。他记不清写过多少次保证书，跪在地上，对天发过多少毒誓。剁掉半截的小指头，直到现在还隐隐作痛。可过不了几天，赌瘾又发作，这些又忘得一干二净。有好心人劝他，不能再赌了，现在打黑除恶的风声这么紧，输掉就算了，想扳回来根本不可能，老老实实干活才是正道，欠下赌债慢慢还。可他听不进去，他说粪堆还有发热时，他不相信手气老是那么背。他在心里暗暗发誓，只要把输掉的钱赢回来，就洗手不干，坚决不干！可没想到转眼之间又输个精光，输得那么惨。

就在他陷入绝境的时候，有人用拳头在他后背轻轻捣了两下，他扭头一望，是个嘴唇涂得像猴屁股似的女人，举着两沓厚厚的钞票在他眼前晃了晃。他知道这是吃人的追子钱（赌场放高利贷的钱），一万块钱一天利息二百。平时他望都不敢望，想都不敢想，输死了也不敢拿。可今天他输红了眼，急需要钱，干脆豁出去算了，望着这诱人的钱，他眼睛发直，一把抢过女人手中的一沓一万元钱，数也没数，想也没想，就胡乱押在赌桌上……

真是雪中送炭啊,这追子钱真厉害,半个时辰不到,就把输掉的钱夺了回来。他想什么就来什么,押什么就中什么,久违的运气终于来临了。他舍不得就此收手,赌注越加越大,恨不得把输掉的全部赢回来。可好景不长,只一会儿,他手上的一大堆钱就被坐庄的吸走了。他两手空空,瞪着血红的眼睛,一脸无奈地望着庄家面前粪堆似的钱。

真浑,赢了那么多干吗不收手呢?他握紧拳头捶着脑壳,恨不得把脑壳捶碎掉。不行,不能坐在这里等死!他狠狠心,又拿了一万元追子钱,再拼命搏一次。

没想到,运气又来了。片刻,口袋就鼓了起来,越鼓越大。这回他学乖了,拉紧口袋,捋了捋鼓鼓的胸口,让它平坦些,不引人注意,就挤出赌场,长长地吸了口气,晃晃悠悠地迈着企鹅步。他想解个手,顺便数数钱,喘口气再战。今天运气好,机不可失。他忽然觉得还是赌钱好,来钱快,靠打工,累死累活一天挣的不够下一次赌注,运气好的话……嘿嘿,他做着美梦。

他裤子还没解开,就听到里面像炸了锅,赌徒们纷纷往外逃,兔子似的到处乱窜,飞舞的警棍喷着火蛇信子。别动!别跑!喊声震耳。

抓赌来了!他一溜烟似的飞到远处稻田里……

嘈杂的脚步声渐渐远去,他竖着耳朵仔细听了听,确信没有任何动静,才小心地从稻田里走了出来,环顾四周,发现有的稻田被踩得乱七八糟,他伸了伸舌头。

捉迷藏

摸摸那鼓鼓的胸口，硬硬的还在，太阳笑嘻嘻地看着他，凉爽的风悠悠地吹，他就情不自禁地吼开了："妹妹你大胆地往前走，往前走……"

这时从旁边岔路口走过来一人，农民打扮，头发乱蓬蓬的，裤脚湿淋淋的，还粘着稻叶子。

看那狼狈相，就知道和自己是一伙的，他笑着问："漏网的？"那人嗯了嗯，说："你也是？"他紧紧握着那人的手，像久别重逢的战友："哈哈哈！真幸运！一泡尿救了我。"

"哼！抓我的老警还没出世。走，咱俩喝酒去。"他拍拍那鼓鼓的口袋，"就当作被老警逮住了。"

那人点点头，紧紧抓着他的手。

走到公路边，他猛然感到手上冰凉，还没回过神来，锃亮的手铐就铐住了双手。"往哪跑，躲得过初一，躲不过十五！"那人亮出警官证。

这时，一辆警车向这里驶来。

（发表于《小说月刊》2020年第5期。获第三届"法润西淝河 共筑美好利辛"法治故事大赛三等奖）

心　愿

　　圆圆两臂微微张开，马尾辫随着毽子起落，有节奏地摆动。嘴里不停地数着："……九十一，九十二……"眼看就要接近一百，偏偏在这个节骨眼上，调皮的鸡毛毽开始和她捉迷藏，要么蹿得老高，要么偏向左边，要么偏向右边，机灵地躲着她，不让她的脚亲吻。她急得满头大汗。

　　这几天，圆圆像疯了似的，早上踢，中午踢，晚上踢，课间踢。可无论怎么踢，总是在接近一百下时卡壳。可她不气馁，一想到胜过妈妈，妈妈就能回来，小女孩咬着牙坚持。

　　那晚，妈妈在收拾东西，圆圆预感到妈妈就要走了，故意装睡。妈妈在她圆脸上亲了一口，捂着脸出了门。哪知一只脚刚踏上面包车，另一只脚就被追过来的圆圆死死抱住，圆圆大声地哭喊："妈妈别走！妈妈别走！"圆圆哭，妈妈也哭。妈妈把圆圆搂在怀里，柔声说："乖女儿，别哭，妈妈也不想走啊，可不走……"

妈妈抚摸着她肥嘟嘟的脸蛋,圆鼓鼓的肚皮,喃喃自语:"唉!看你肥得走不动路,都是你奶奶惯的哟,一点事不让你干。"妈妈想了想,眨了眨眼睛说:"你能答应妈妈一件事吗?""什么事?"圆圆瞪大眼睛问。"你要天天踢毽子,只要一口气踢出的次数超过妈妈,妈妈就回家!""真的?"圆圆不敢相信。妈妈点点头说:"真的!"圆圆伸出手说:"拉钩为准!"妈妈说:"好!"母女俩小指缠绕拉钩,齐声说:"拉钩上吊,一百年不许变。"

乡村的夜静得可怕,关门闭户,只有几个窗口飘出微弱的光。偶尔有一只狗,耐不住寂寞,汪汪地叫几声,表示出它的存在。

偌大的房子,只有天上的月亮、奶奶的鼾声陪伴着她。空空荡荡的村子里,除傻儿和几个背驼眼花耳聋的老人,都走了。过完年,村里放枪也打不到人。如果没有傻儿,还有谁陪她玩呢?

月亮啊,你帮我捎个信给我妈妈,我一定会超过妈妈!圆圆趴在书桌上小手托着腮,遥对着月亮信心满满地说。

第二天上学,圆圆四处打听得知,六年级芳芳是踢毽子高手,一口气能踢二百下!圆圆高兴极了,马上拜芳芳为师,慷慨地送给芳芳一个礼物,是妈妈买的机器人玩具,也是圆圆最心爱的东西。

经过芳芳悉心指点,经过几天的苦练,圆圆踢得又快又好,一口气能踢到一百二十下。妈妈在家踢得再好,也没超过这个数。圆圆激动不已,浑身洋溢着兴奋。她请芳芳用手机录下来,就急不可耐地发给妈妈。她想象着,妈妈看到这个视频,嘴会惊得老大,立马就会动身回家的。

哪知妈妈一直没有回音,圆圆强撑住眼皮,一直熬到十二点,才收到妈妈的一个视频。妈妈竟然超过她三十下。妈妈在微信上说,只要圆圆超过她,哪怕只有一次,妈妈立马回家,妈妈说话算数!

怎么会呢?妈妈在家,从来没有连续踢过一百下。圆圆不服,对着视频,从头至尾,仔仔细细重新数了一遍,一点没错,真真切切。

不管怎样,圆圆想,明天还要请教芳芳,还要苦练!"我一定要超过妈妈!"圆圆站在窗前,对着冷冷清清的村庄,对着荒芜的田野大声说。

晚上,圆圆踢得正起劲时,院门咣当开了。圆圆抬头一看,是妈妈,她揉了揉眼睛,以为自己看错了。真是妈妈!妈妈拎着大包小包微笑着向她走来。圆圆扔下毽子,飞一样扑向妈妈。

"我还没有超过妈妈呀,怎么就……"圆圆抱着妈妈,激动得语无伦次。

妈妈说:"是厂长准我回来的……"

原来,午休时,工友们倒头就睡,只有妈妈躲在一边踢毽子。厂长好奇,踱过来问:"你起早贪黑干活,还踢这个,不累呀?"妈妈流着泪道出实情:"……我不练,输给女儿,就得回家……我不能失信于孩子呀!"

厂长被感动了,大手一挥说:"特批你回家看女儿,来回费用全报!"

漂在 1975 年的鱼

爷爷发现一条鱼仰躺在水面上，是鲫鱼，翻着白肚子，足足有两拃长，小嘴一张一合。爷爷环顾左右，没人，来不及脱鞋，来不及挽裤，就匆匆蹚进水里，捞起鱼就往家跑。

哟哟，好大的鱼！爷爷抬头一看，是村里的刘大嘴。爷爷浑身发冷，比池塘里的秋水还冷。爷爷慌忙解释，死鱼死鱼死鱼！大嘴的小眼睛滴溜溜直转，泛出狐疑的光。爷爷又忙不迭解释一番，就捧着鱼从大嘴身边擦过，继续往家跑。跑着跑着，爷爷忽然醒悟过来，急忙把鱼藏在褂子里，贴着肚皮跑，爷爷感到肚皮凉润润的，滑溜溜的。

这时，一只邻家黑猫闻到腥气，跑过来，紧跟在爷爷后面，喵呜喵呜地叫。爷爷心烦意乱，不想有人跟踪，哪怕一只猫也不行！爷爷停下来转过身，握紧鲫鱼，冲着猫瞪眼跺脚发狠。黑猫倒退了几步，盯着爷爷手中的鱼，伤心地叫着，声音像哭似的。

爷爷管不了那么多，不理会它，转身又跑，两手捂着肚子，捏紧鱼，生怕被黑猫抢夺，像捂住一个活宝。黑猫还是跟在后面跑，喵呜喵呜地叫，叫得更凶。爷爷突然转身，扬起右腿，在空中扫了扫，做出要踢它的架势，又撑了它一截，这才反身往家跑。其实爷爷只是虚张声势，这年头，整日荤腥不进嘴，天天烂小菜一坨，看不到一滴油珠子，人都馋极了，何况猫呢。

爷爷一进屋，就赶紧关上门，凑到我耳边，小声小气地说，娃，我终于给你弄到好吃的了！沟壑纵横的脸上布满喜悦，又望了望家里每个人，忽然绷着脸说，娃正在长身体，读书伤脑筋。这条鱼，谁都不准吃，只准娃吃！一餐吃不掉，就两餐……爷爷爱怜地看着我布满菜色的脸，摸了摸我丝瓜样的颈子，捋了捋我灯草似的胳膊，叹了一口气，又叹了一口气。

接下来开始杀鱼，爷爷左手按住鱼头，右手持刀，用刀背轻轻刮下鱼鳞，然后划开鱼肚，掏出内脏，剔除鱼鳃，挤出肠子里的屎。爷爷不敢到池塘里清洗，怕被人看见，躲在家里，用葫芦瓢在水缸里一瓢一瓢地舀水冲洗。连鱼鳞和内脏也舍不得扔掉，单独放在一个碗里。爷爷说，这些东西也有营养，总比干巴巴的老白菜强。

全家开始忙活起来，烧火的烧火，淘米的淘米，做菜的做菜，门窗虽然关闭，却关不住欢声笑语。就在全家人忙得正欢时，黑猫捅破糊窗纸蹿了进来，冷不防叼起案板上的鲫鱼就跑。爷爷耳聪眼尖，抄起笤帚猛扑过去。黑猫一看门关了，试着往窗子上跳，跳了几次，跳不上去，就掉头哧溜一下钻进床底下。任凭你大喊大叫，任凭你跺脚拍床，任凭你用棍子往床底下乱捣，黑猫死活不肯出来，只顾玩命地吃，只听到撕咬鱼肉的咕叽咕叽声。每个人的心里都像被盐腌了一样难受，爷爷急得眼泪口水鼻涕糊了一脸，胡子上像挂满了冰冻锥子。

爷爷抬起床头，只有我瘦小单薄的身体，才能挤进床下。原来这家伙躲在墙洞里优哉游哉地吃着。等到我从猫嘴里夺下鱼，可惜，好端端的一条鲫鱼，让黑猫糟蹋得不成样子了，有的地方露出森森的鱼骨。爷爷气得不行，呼哧呼哧直喘气，无奈地摇着头，把猫吃剩下的残鱼和鱼鳞、鱼内脏混在一起，放进锅里兑上水，有气无力地对坐在锅边的奶奶说，赶紧烧吧。

等到我闻见鱼香，咂着嘴，敲着碗筷，准备开吃时，猫子突然站在门口，两手叉腰，阴着脸，身后站着两个手握红棍子的大汉。

猫子是生产队队长，大队部红人。

猫子闯进屋，一脚踢翻热气直冒的鱼锅，怒吼：狗保长，胆子不小，敢偷公家的鱼，带走！猫子手一挥，两个大汉扑向爷爷，不容爷爷辩解，强行把爷爷绑了起来，推出门外……

晚上大队部放电影。放映前，两个拿红棍子的把爷爷押到幕布前批斗一番，然后捆住手脚，扔到墙拐角喂蚊子。

我哪有心思看电影，悄悄溜到爷爷身边。一群蚊子绕着爷爷嗡嗡叫，正在围攻爷爷。爷爷一动不动，任凭蚊子叮咬，嘴里咕哝不停,鱼,我没偷,我没偷……我挥动着手臂,奋力驱赶蚊子,忍不住骂道,狗日的蚊子,也敢欺负爷爷!我含着泪柔声问爷爷疼吗?爷爷倔强地说,蚊子叮不疼,就是心疼!

爷爷临死前,躺在床上,拉着我的手,声音哽咽,痛苦地说,快,快解放了,都不,不想干——保长……我——这个保长,是抓阄抓来的,倒贴三担米也卖不掉……鱼我没偷……没偷……没……死灰色的嘴巴一张一张的,活像浮在水面濒临死亡的鱼。不一会儿,爷爷就断了气,眼睛绝望地瞪着天空。

从此,我们全家都不吃鱼,一见到鱼就恶心想吐。

(发表于《小说月刊》2020年第3期)

亮 灯

楼道里声控灯坏了,黑咕隆咚。深夜下班回来,孤零零地爬着楼,听着咚咚的脚步声,总感觉背后有人跟踪,心里禁不住打起鼓来。

我租的房子,在老式工房的顶楼,远离市中心。

"嗖"的一声,一团黑影突然从我身边擦过去,一闪就不见了,吓得我一跳,心脏差点蹦出来了。我加快脚步爬上楼,掏出钥匙,使劲地扭来扭去,就是打不开。猛然醒悟,是开错了锁,竟然开到隔壁门上了。

那团黑影搅得我翻来覆去睡不着,老是担心有人闯进来,因为钢筋焊接的防盗门已经失灵。我爬起来,打开灯,再次查看门是否关紧了。窗外黑魆魆一片,无意中发现,对面楼上昏黄的房间里,一张黑脸贴着窗玻璃,向我这边窥望。两座楼间隔近,那边窗子正对着我的窗子,这狭小的房间肯定是一览无余,我慌忙关了灯。没有窗帘,真可怕。好在租房时房东就满口答应我,会尽快找人安装窗帘和防盗门。

早上起床,又看见对面楼那个中年男子,站在窗口朝我这边张望,是个大胡子。我来不及多想,匆匆下楼。

晚上回来,楼道里竟然亮着一盏灯。夜深人静,这盏灯格外明亮,老远就能看见。走近了才知道,这盏灯是从隔壁的窗子里伸出来的。深更半夜,为何要亮灯?难道是专门为我照明?不会吧?我刚来打工,这个繁华的城市,对我很陌生,既没有亲戚,也没有熟人。

我洗好衣服,借着明亮的灯光,晾到门外的衣架上。一抬头,瞅见对面大胡子又在窥探。他想干什么?和隔壁是不是一伙?想谋财害命?还是想贩卖器官?想着想着,浑身就起了鸡皮疙瘩。我后悔不该在城郊租房,后悔不该一个人出来打工。可家里的土地都包出去了,不打工,窝在家里吃什么啊。

那盏灯一直亮着,我整夜无眠。

清早起来,发现晾着的衣服不见了,四处寻找也没有。扭头瞥见,对面大胡子又在窗口看着我。发觉我也在看他时,他张了张嘴,似乎想向我喊话。我赶紧转头装作没看见,匆匆下楼赶路。刚上班不久,不能迟到。

晚上回来,看见丢失的那件衣服挂在门把上,领子上还夹着一张字条。我连忙取下来凑近灯光看。字条上写着:这件衣服掉到楼下,不知谁捡了,挂在楼梯口的护栏上,整整一天没人要。

我估计是你的,就拿上来了,如果不是你的,请你放回原处。下面署名:对门邻居。

我学着邻居的做法,找了张纸条,写上几句感谢话,从他家的门缝塞了进去。我不想和邻居走得很近,我是外乡人,得小心圈套。

第二天半夜回来,我没看到那盏灯。楼道里黑黢黢的,又没有灯,还真有点不习惯。我慌慌张张地走着,匆匆忙忙打开门,还没摸到灯开关,身后突然泻进来一缕微光,紧接着传来咚咚两声敲门声。我回头,看见门外站着一位白发老人,披着上衣,哆哆嗦嗦的,手里举着吐着火舌的蜡烛,像寒夜里的火把,身边放着一只水桶。小伙子,我是你隔壁的。今晚停电停水,我给你准备了水和蜡烛……我惊呆了,奔到门口,提起水桶,拉着老人进屋,一个劲地说,谢谢!谢谢!老大爷说,甭客气,这栋老式楼房,不少住户都搬走了,听说明年可能要拆除重建。里面住着很多像你这样租房子的人。你们远离老家,外出讨生活,挣钱养家不容易啊。

说到我心坎里了,我的泪水立刻涌了出来。

你不要难过,我们这个地方,人都挺好的。你要是遇到什么困难,什么麻烦,大家伙儿都会帮你。老人轻轻地拍了拍我的肩膀安慰我,缺一少二的,你尽管敲门,尽管说,别不好意思。说完,老人放下蜡烛,回屋里去了。

我哽咽得说不出话,泪在脸上肆意流淌。这时,房东发来信息抱怨说,打你电话总是没人接,早就委托对面楼的大胡子安装防盗门了,可他说,一直找不到机会,说你下班回来得太晚。

正说着,来电了,灯亮了,我心中的灯也亮了。

(发表于《天池小小说》2020年第4期,《微型小说选刊》2020年第20期转载)

马　甲

"求是"贴了一篇小文,是局长写的。群里纷纷点赞、吹捧。只有"无畏"唱了反调,一阵炮轰。还没说完,就遭到大家围攻,"无畏"奋起还击:"一群伪君子,一群小人!"可信息发不出去。

"无畏"刚被踢出群,没想到,"求是"就请求加他微信,他迷糊了。

先同意再说,看看"求是"究竟要干吗。

"我是不受欢迎的人,为何加我?"

"别人不喜欢,我喜欢呀!"

"你知道我是谁吗?""无畏"小心试探。

"我哪知道呀?——你是谁重要吗?哈哈,我才不管你是谁。"

"什么狗屁文章,明知道一钱不值,大家还在使劲儿吹捧,真是睁着眼睛说瞎话!"搞不清他是谁,"无畏"胆子大了。

"求是"打出一长串"嘿嘿"。

"无畏"一头雾水。

其实"无畏"是阿明的微信名,"求是"是局长的微信名。他们这两个微信号,都穿着厚厚的马甲,谁也不知道他们的真实姓名,包括家人。阿明用"无畏"说真话。局长用"求是"潜入各种群,四处游荡,寻找真实的声音,这次故意贴出自己一篇很差的习作,看看大家怎么说。

一天,阿明走进会议室,抬头一看,同事都来了,黑压压一片。阿明开会喜欢坐在角落,这样不引人注意。可局长在主席台上喊:"往前排坐,往前排坐!"挤来挤去,他被挤到前排中间位置,正好和局长面对面。阿明瞥了一眼主席台,见局长抱着臂,绷着脸,似乎谁也不看。表发下来了,才知道是对校长做民主测评。面对优秀、称职、基本称职、不称职几个选项,阿明握着笔,有些犯难,不知如何下手。他想在"不称职"的框里打钩儿,这是他的真实想法,可又怕被人看见。如果校长知道了还不恨死他!肯定会经常给他穿小鞋。他用余光扫了一眼前后左右,发现有几个是校长的亲信。有的人把表交上去了,有的把表折叠了捏在手里。阿明慌忙低下头,焦躁地使劲儿捏着笔,感觉大家都盯着他,一双双眼睛如芒刺戳在身上,让他浑身难受。退一万步说,就算同事都没看见,测评表交上去了,局长也能看见。谁知道局长葫芦里卖的什么药?如果校长和局长关系不厚,校长还能干长吗?罢了,罢了!他摊开表,在"优秀"框里重重地画了钩儿,深深地舒了口气,如释重负。他捧着测评表,正面朝上,缓缓向主席台走去，故意让所有人看到。他将测评表亲手交到局长手上，哪知局长接过后，迅速反过来，放到那一沓表上，根本没看。

终于有机会了，局长要进行个别谈话。轮到阿明，他一阵窃喜。

"校长任职期间各方面表现怎样？你照实说，不要有所顾忌。"局长和蔼地说。旁边的助手准备记录。

阿明有了信心，瞅了瞅敞开的大门，又环顾四周，确认房间里除了局长和助手，就只有他一人。于是他干咳了几声，清了清嗓子说："嗯嗯，这个嘛，这个嘛，他呢……"正准备说出校长的许多不足，突然听到门咣当一声，很响，阿明吓了一跳，马上改口："嗯，不错！不错！"他扭头看了一下门口，没人，声音是从别处传来的。他又干咳了一声说，"这个嘛，这个嘛，他很……"这时门口传来脚步声，他慌忙说，"嗯嗯，校长很好，很好！"估计不会再有人出现了，他才吞吞吐吐地说，"这个嘛，这个嘛……他在这些方面真是……"忽然有人闪进来倒茶，他吃了一惊，赶忙住口。局长皱了皱眉，觉得问不出子丑寅卯，就挥了挥手，不耐烦地说："好了，你下去吧，下一个。"阿明满头是汗地逃了出来。

过道上碰到校长，校长搓着手，显得很焦急。阿明附在他耳边，悄悄说："恭喜，恭喜，又要高升啦！别忘了请我喝酒哟，我可说了你不少好话……"校长呵呵一笑，握了握他的手。

这个校长究竟干得怎样，局长一直没弄清楚。

晚上，在微信上私聊，"求是"问"无畏"如何评价这个校长。"无畏"愤愤地说："难道这个学校找不到人干校长？就他这德行哪一点儿够格？要人品没人品，要能力没能力，要水平没水平……""无畏"详细列举了许多事例来证明自己的看法，说得"求是"如梦初醒，直把气叹："原来如此！"

这么熟悉，肯定是内部人。出于好奇，局长请教了一位网络高手，终于查出"无畏"的真实姓名。万万没想到，他就是那天说话吞吞吐吐、讲半句留半句的阿明。

局长很生气，想立马删除他的微信，但细想一下，还是留着好。

思来想去，局长不动声色，装作什么也不知道，故意在微信上问"无畏"："你觉得阿明这个人怎样？"

"无畏"说："我实话实说，阿明这人能力有、水平有，别看他表面装糊涂，其实心里亮堂着呢……"

"求是"说："对头，我早打听过了。可同事不喜欢他，领导不重用他，你知道为什么吗？"

"不知道。为什么？""无畏"好奇地问。

"就是讨厌他太假，不讲真话！"

（发表于《百花园》2020年第4期）

笼　子

老牛在笼子似的房间里踱来踱去，像阳台上锁在笼里的鸟儿，烦躁地飞来飞去。折腾了一会儿，踱到窗前，抱着手，忽然发现，那灰灰的天空像个笼子，那一幢幢楼房像个笼子，那一辆辆爬行在地面的汽车像个笼子……老牛的眼里有无数个大大小小的笼子在晃动，在挣扎。

不行，我得下去，我就不信找不到一个搭腔的！老牛对缩在笼里的鸟儿大声说。

自从进了儿子十楼的"笼子"，老牛就时时涌出寄人篱下的感觉，没有一天开心过。儿子媳妇，早出晚归，一天到晚，不说一句话。就连吃饭时，手机也不离眼。饭碗一丢，不是倒头就睡，就是玩手机打游戏。把老牛晾在一边，老牛感觉像是住在孤岛上。进门要换鞋，抽烟要到阳台，走路要走人行道，过马路要看人行指示灯……规矩太多，担惊受怕，烦死了。哪有乡下舒坦，走在田野里，肆意地呼吸，横着膀子行走……

楼道里，老牛故意走得慢，故意挂着笑脸，东张西望，眼睛不停地搜索，逮到每一张脸都瞅着不放。可来来往往的人，行色匆匆，根本不看他，甚至有人擦肩而过，也不和他打招呼，似乎老牛是无形的空气。

老牛在乡下，大小也是个人物。往年，走到哪里，哪怕低着头，也会有人和他打招呼。有的喊他牛哥，有的喊他牛爷，更多的喊他村主任。有的认识，有的不认识。老牛一律笑脸相迎，招手致意。有时还谦虚地摆摆手说，甭喊，甭喊，村主任早不干了。可下次碰到了，人们还是亲切地喊他村主任。老牛嘴上犟，心里望。

进了电梯，老牛四下望望，发现电梯也像个笼子。电梯坠得很慢，不断有人进出。每次有人进来，老牛都笑嘻嘻的，企图用眼神和他们交流，可总是徒劳。不一会儿，电梯里就挤满了人，老牛站在中心位置，生怕左右和背面看不到他的脸，就故意将身体转了九十度，希望有人看他，没有；又转了九十度，希望有人看他，没有；又转了九十度，还是没有人瞅他！老牛仔仔细细打量着每一张脸——有的低着头，有的闭着眼，有的看手机，有的戴耳机……没有人和他打招呼。有个人近视得厉害，眼睛几乎趴在手机上，老牛想善意地提醒他几句，喂，老伙计……哪知道，那人却突然转过身，用后脑壳回敬他，老牛把快到嘴边的后半句话，生生咽了回去。

077

到了一楼,刚出电梯,发现电梯口很多人。老牛第一个跨出电梯,热情地迎了上去。可人们只顾往里挤,根本不望他。老牛不服,就在电梯门快要合上时,又转身迅速挤了进去。有个大个子挡住他的脸,老牛就使劲挤到大个前面,扭着头,转着身,力求把每个人的脸都读一遍,可仍然没有一个人看他。老牛急了,用力干咳了几声,希望引起注意。谁知人们同时朝老牛投去厌恶的一瞥。有的转过头面朝电梯壁,有的低着头,有的抬手捂着口鼻,有的慌忙掏出口罩戴上。老牛很失望。

老牛犯了犟脾气,连续进了电梯六次,还是没有人和他打招呼。

啪!就在老牛绝望的时候,有人在他后背拍了一巴掌。老牛一阵窃喜,终于碰到熟人了!扭头一看,原来是小区保安。老牛激动地说,你,你,认识我?保安虎着脸说,我已经注意你多时了,你老是在电梯里上上下下,你想干什么?你住在小区吗?

老牛拖着疲惫的身体,回到儿子的"笼子",望着笼里的鸟发愣。片刻,老牛打开鸟笼,叹一口气说,去吧,去吧,这里真不是你待的地方。

望着翩翩起舞的鸟儿,老牛失神地望着天空,泪悄然滑落,喃喃地说:我往哪儿去呢?村子里比这儿还冷,十室九空,关门闭户。土地都包出去了,很难找到活儿干,只要能干动活儿的大都外出打工了……

老牛背着手，耷拉着脑袋，漫无目的地走在小区里。忽然发现墙角缩着一条狗，脏兮兮的，浑身颤抖，可怜巴巴地望着他。老牛断定这是只被人抛弃的狗，遂动了恻隐之心。老牛将狗抱回家，洗净，让它吃饱喝足。晚上睡一头，跟它聊村庄的往事，谈不完，说不尽。那狗通人性，老牛说到高兴时，它就汪汪叫几声；说到悲伤时，它就舔他的脸安慰他；生气时，它就蹭蹭他的胸口……

（发表于《安徽文学》2019年第8期，《小小说选刊》2019年第22期转载，入选《2019年中国小小说精选》）

附：在全国小小说高研班上评《笼子》

文/谷凡

下面再给大家分享一篇周藁的《笼子》。这篇小小说从描述到情节走向，都比较理想，这是去年第22期《小小说选刊》选载的作品。

大家先看一下第一段的描写，这样的描写包含了小说的语境，所以看起来比较有味道。我一直强调，小说要注重开头，开头就是你给人展示的你的行文特征，好或不好，基本就能在开头第一段或第二段中表现出来。我讲三段必须入题也是这个道理，尤其是写小小说，如果语言表述缺乏小说的语境烘托，再没有像样的故事情节，写得再多，再长，基本也是废的。

写小说要注意语境，不要竹筒倒豆子，不要流水账，不要讲事情，因为有些作品就是一件事一件事地罗列，这样的东西不叫小说，叫检讨书或说明文。

小说要想写得有意思，就是要在语境上下足功夫，情节上打磨到位，这样的作品一般差不到哪里去。有人写东西不讲究语境，情节也是一件事一件事往上加，这样的写作不能突出作者的灵性。灵性这个东西就是要求你在语境把握上，在情节设计上有独到之处，让编辑一看就知道你具备写作的灵气，是不一般的写作者。

有人可能会说了，我不想那么多，就想写出来能发表。写作首先不是功利的，其次是得先娱乐自己。我用"娱乐自己"这个词可能大家会觉得不合适，写作首先要自己满意，先自己认可，我达到了一种什么程度，我在什么层次。我看有的人只在乎获奖和发表，写得好或不好不大在乎。

大家可以多看几遍这篇《笼子》，包括情节设计、人物刻画和时代背景。所以，小说不需要把时间跨度拉得太长，就截一段把它描写好就可以。

《笼子》一条主线不弯不绕，写出了当下老人从乡村生活转向城市生活的一种特征，这类题材很多人写了，但作者依然能写出这样不错的情节。写小说不是讲故事，一定要找语境，有了小说的语境才叫小说。

（谷凡，女，中国作家协会会员，现任《小小说选刊》编辑。曾在《钟山》《长江文艺》《北京文学》《广州文艺》等报刊发表作品多篇。短篇小说《会跳舞的雪茄》被2014年第3期《小说选刊》选载，中篇小说《豆蔻》被《长江文艺好小说》选载。小小说《喜旺的年》入选2014年重庆中考试题。出版小小说集《小镇红颜》）

阳台的秘密

小车终于驶出村口。老牛扭着头,脸贴着玻璃,望望拆得七零八落的村庄,望望孤零零的老屋,望望荒芜的田野,泪水悄然滑落。

开到十字路口,一直沉默不语的老牛突然厉声说,向左转!

儿子转过头来疑惑地问,去城里的路不是往右吗?

向左转!老牛低沉有力地重复着。

儿子知道拗不过老牛,摇了摇头,只好转向左车道。

车子在一片片荒芜的田野里拐来拐去。在几块新翻的泥土边,老牛大声喊,停!

儿子猛踩脚刹,将车停下。儿子这才明白,这就是昨晚老牛坚持睡一晚的地方——坚守了几十年的责任田。

老牛从屁股底下抽出几个化肥袋,走下车。在这几块田边走来走去,左瞧瞧右看看,使劲吸着烟,脸上烟雾笼罩,自言自语，我们终于分手了!

老牛扔掉烟头，扒了满满几口袋土，扎紧，一袋袋往车上扛。

儿子好奇地问，扛那么多土干吗？

老牛沉着脸说，无论走到哪里，都不能忘了故土！

一上车，喘息未定的老牛就不容反对地朝儿子嚷，你必须把阳台给我！

儿子问，你要阳台干什么？

老牛绷着脸说，我要在上面种庄稼！

儿子欲言又止，继续开车。

车子在山路上起起伏伏，老牛的思绪也在起起伏伏。

世代和泥土打交道，老牛从小练就一手插秧的绝活，蹲开马步，双手配合默契，像点水雀捉鱼，不大一会儿，白茫茫的水田就绿茵茵的一片。

分田到户了，老牛的绝活吃香得很，但从不吝惜。哪家缺人手，哪家需要搭把手，老牛总是不请自到，哪怕丢下自己的田地。

干完活，人家请他，老牛总是红着脸摆摆手，甭客气，嘿嘿，只是动动手指嘛，不值一提。

可最近几年，村里人像着了魔，纷纷往城里跑，年岁大的也动了心。老牛使劲拍拍脑袋，也想不通。哼！你打你的工，我种我的庄稼！老牛望着匆匆远去的脚步，气哼哼地说。

南瓜和葫芦是老牛的发小,都劝他,你也去打工呀,种庄稼能赚几个钱?老牛梗着颈子说,都去打工,谁来种田?喝西北风啊!

那么红火的村庄,忽然就冷清了。老牛常常嘀嘀咕咕,一到晚上,静得怕人,只有几只野狗零星地叫。

想到这里,老牛叹了一口气。

到了儿子家,老牛马上忙活起来。把一袋袋泥土扛上楼,倒在阳台上,用锄头敲碎,摊得平平整整,理出垄沟,挖出一排排小坑,点上韭菜籽儿,然后浇肥掩土。

清除杂草,浇水施肥。老牛精心呵护,终于迎来了一片绿色。

一有空老牛就端着茶杯,坐在阳台边,看着自己的作品,笑眯眯的,像看着熟睡的婴儿。

望着阳台上的一片绿油油,儿子笑呵呵地说,这小麦真肥啊!

老牛白了儿子一眼,气哼哼地说,你这东西,小麦韭菜都分不清!

儿子挠挠头,又好奇地问,种那么多韭菜搞什么?不能栽点辣椒、茄子、洋葱吗?

老子高兴!老牛还在气头上,说出的话,像射出的枪子。

儿子伸了伸舌头,不敢顶撞,知道老牛脾气倔,他认准的事,八匹马也拉不回。

父子俩不喜欢吃韭菜。老牛经常割下韭菜，送给邻居，分文不要。

儿子好奇，但不敢多嘴。

一天夜里，儿子被一阵喊叫声吵醒，走出卧室，听老牛在梦中说，南瓜，葫芦，回家种地！荒草齐腰深了，老东西！……老牛叽里咕噜骂个不停。

儿子不想搅了老牛的美梦，悄悄退回房间。

这天，儿子上班中途回家取身份证。推开门，儿子惊呆了。

老牛在客厅里，蹲开马步，把韭菜当作秧苗，两手上下翻飞，像点水雀捉鱼般投入。

儿子悄悄关上门，仰头望着天空，呆呆地站着。

(发表于《天池小小说》2019年第7期，《微型小说选刊》2020年第10期。获2018年首届"骏马杯"全国小小说大赛二等奖)

我们团聚了

刚擦黑，山村就睡了，睡得很沉。"我有亲人了！"刘大爷突然惊呼，身体一晃，差点跌倒。他扶住桌角，定了定神，才知道是在说梦话。

寂寞的夜真难熬，自己喝了几杯酒，熄了灯。他仰躺在床上，干瞪着眼，无边的黑暗压得他思绪乱飞……村里只有过年热闹几天，大年一过，就各奔东西，只剩下他和傻兮兮的阿呆。他长长地叹了一口气："年年如此！"

夜死一般静，他用被子盖住头，企图盖住那如麻的思绪。突然他听到一种声音，久违的声音，"呜卟，呜卟，呜……"像他小时候吹的麦哨，他嗅到了一股股麦苗的清香。

他坐起来，摁亮台灯，原来是一只蟪蛄在窗外飞来蹦去，竭力想挤进来。他来了精神，颤巍巍地走近窗边，打开窗，微笑地瞅着黑褐色的蟪蛄，做了个请进的手势。"呜卟，呜卟"在灯光的引导下，飞进来一只又一只……一共四只。

他把最大最肥那只，叫胖胖；略微小一点的，叫花花——胖胖、花花是儿子媳妇的小名。喜欢爬来爬去的，叫皮皮；又小又细，文文静静的，叫苗苗——皮皮、苗苗是孙子孙女的小名。

"胖胖——花花——皮皮——苗苗——"他轻轻地呼唤，喃喃自语，"一家人又团聚在一起了。"他对胖胖说，"累了就息，饿了就吃，吃了身体不愁金子。"他对花花说："要管好皮皮苗苗，不怕老子穷，就怕儿女厌……"

胖胖、花花趴在床头边，很乖很听话，停止吃食，一动不动，静静地听他没完没了的絮叨。他说，我知道你们不想出门，在家千日好，出门事事难啊！可有什么法子想呢，村里土地全部包出去了，承包费只五百块钱一亩。全家一年的进账也就几千元。山乡周围几十里又没有工厂，村里很少盖房（建房要上面批地，很多村民背债都到城里买房，为了孩子读书），找小工做都难。这年头，打开大门就要钱，吃的喝的穿的用的，哪一样不花钱；这个费，那个费，一点儿也不比城里少。待在家里，不外出找活做，喝西北风呀？胖胖、花花很懂事，时不时还摆摆大胡子，点点头。

他想皮皮，想苗苗，做梦都想。唉！岁数大了，腿脚也不灵。他理解儿子媳妇的苦衷，宁愿自己苦点，也不想连累他。他呢，再苦再闷再难，都自己扛着，不想麻烦他们。他知道他们在外面不容易，边打工边带苗苗，又要送皮皮上学，有多么辛苦。

想到这里，泪顺着脸颊悄然滑落。

他下床解手，轻手轻脚，生怕踩到这些小家伙身上。他弯下腰把皮皮捧到床上。关掉台灯，"咯吱——咯吱——"他喜欢听皮皮在床上爬动的声音，就好像皮皮在给自己挠痒痒，他舒服极了。

自从这天之后，"一家人"又团聚了，刘大爷很开心，整天乐呵呵的。跟他们玩耍，逗乐，倾诉，谈天，形影不离。时不时呼唤着他们的小名，"胖胖——皮皮——苗苗——"声音飞出窗外，在寂静的村里回荡。

一天，他和这些"家人"玩得正起劲时，门口横了一辆救护车。儿子下了车，后面跟着几个白大褂。阿呆也来了，一瘸一拐的。儿子瞅了瞅刘大爷发直的眼光，瞅了瞅地下一片狼藉的瓜皮果壳，瞅了瞅爬来爬去的蟋蟀，对阿呆说："谢谢你！幸亏你及时告知。"又对白大褂说，"确实是疯了，得赶紧治！"几个白大褂一拥而上，不容分说，强行把刘大爷塞进救护车里……

刘大爷捶着窗玻璃，挣扎着哭喊："我没疯！我没疯！……"救护车根本不睬他，车屁股甩出一股股白烟，载着他一路狂奔。

（发表于《金山》2019年第9期。获2019年"相约榕树"全国微型小说征文比赛优秀奖）

寻找恩人

迷迷糊糊睁开眼，发现稻草埋着自己。扒开稻草，我惊讶，全身竟换上了破旧的棉袄棉裤，扭头瞅见扒下来的衣服已冻僵，孤零零地抱在一起，行人绕开我，低着头，脚步匆匆；过往车辆，触电般开足马力飞驰而过。

我拍打着似要裂开的脑袋，努力在记忆里搜索昨晚那一幕。

当时月亮躲到黑云里，光线很暗。我喝了八成酒，酒劲发足，晕乎乎，晃悠悠，一脚踩空，跌进深渠，渠水没到颈项，我惊慌失措，乱蹬乱抓乱拍，杀猪似的号叫。行人、过往车辆没一个理我，不知挣扎多久，眼看不行了，一个黑影沉下来……

是谁救了我的命，在这寒冷的天，在这黑月亮的夜晚？我一定要找到他，我的救命恩人！当面向他致谢。

我搜肠刮肚地回忆，琢磨那个黑影。那身形、那动作像张三。张三家和我家门连门，我俩自小一起滚大，有什么好吃的一起吃，有什么好玩的一块玩。不是他是谁？

但转念一想，既是张三，为何不送我回家，却弃我于野外？哪来的旧棉袄棉裤？唉！这年头，能救你就很不错，不要奢望，何况我离家很远，又是深夜……我自我安慰。

我走到张三窗前，正欲敲窗，却冒出悄悄话，是张三和老婆在说："……呆瓜（我的小名）栽进深沟里，喊救命，声音好惨，到现在还没有消息，估计是死了……""那你看见怎么不救他？别人知道了怎么看你？""天寒地冻，没有月光，又是深夜，谁看见？我下去救他不是找死吗，你这个傻蛋！哈哈哈……"我黯然神伤，不禁长叹一声，正欲走开。"谁！"张三很快打开门，披着衣，一眼瞅见我："啊，是你?!"脸红到耳根，嗫嚅道："我，我，我当时着急赶路，没看到你，也没，没听到你的喊声……如果是你我能不，不救？……咱俩是什么关系呀！"我盯着他无语，想吐，像吃了个苍蝇。

那么黑影是谁呢？我搜肠刮肚地回忆那个黑影，那身形、那动作，像李四。李四是我同学，还是同桌，到哪我俩都是结伴同行，就连上厕所也不例外。小时候有人欺负他，我总是挺身而出，不是他还能是谁。

我找到李四开的小店，李四站在柜台上指着货架，对围着的一群人，大声嚷嚷："人家喜欢进冒牌货，我的货百分之百正宗，假一罚十！做生意做的是人品，道理，我懂！哈哈哈……"我走近李四激动地说："李四，昨晚我看到你……"我的话还没说完,李四就扯着嗓子压倒我的话:"啊呀呀,我最好的同学,你一定是看错人了。我是从那里路过不假,但我没见到你落水呀。我如果见到你能不救你吗?咱俩是什么关系呀,就是把命搭进去也要……"

那么黑影究竟是谁?我再次搜肠刮肚反复回忆那个黑影,那身形、那动作很像王五。王五是我的同事,脾气合得来,谈心合得来,爱好也合得来。上次职称晋级,轮到我,我主动让王五上,王五一把抱住我说:"哥呀,我最好最好的哥,今后你有事找到我,万死不辞!"救我命的,肯定是他!

找到王五,这回我拎着破棉袄棉裤,激动地问:"王五,太感谢你,昨晚不是碰到你,我不淹死,也冻死。太感……"王五盯着我,像不认识我似的,上下打量,仔细瞧着:"是你,昨晚真的是你?做梦我也想不到啊!我开着车路过,听到沟渠里有号叫声,但这年头,你懂的,多一事不如少一事,又是黑月头,我开足马力……对不起,我真的,真的不知道是你,如果是你我不救,同事怎么看,朋友怎么看,领导怎么看,我还是人吗?"

突然,王五盯着我手上的破棉袄破棉裤好奇地问:"在哪儿捡的?"我说:"昨晚不知哪位恩人穿到我身上的,不然我会冻僵的。"王五拍了拍脑袋,像发现新大陆似的说:"噢,前几天,我看见邻村那个疯子就穿着这衣裳,是不是疯子扔的?"我一听,恍然大悟,他是因儿子淹死才疯的。我来不及多想,立马驾着王五的车,四处寻找……

终于，在离昨晚出事的沟渠不远处一个草垛边，我找到了疯子。疯子藏在草里，只露出一张脏兮兮的脸，失神地望着寒冷的天空……

我跳下车，拉出草丛里的疯子，见他浑身赤裸，只穿着裤衩，冷得发抖，我情不自禁地张开双臂，把他紧紧抱在怀里，泪夺眶而出，他身上的脏味我浑然不觉。

（发表于《小说月刊》2016年第8期，入选《全国教师小小说选》）

捉迷藏

他历尽艰辛,辗转到了山洼村。惶惶地走着,没有目标,没有希望,红肿的两眼流出悲惨的光。

突然他吃了一惊,发现有人跟踪,闪身一看,原来是夕阳拖着他的影子,他哑然失笑。

抬眼一望,日头栽到西山,洒下一坡血。月亮盯着他,像一把刀,嵌入他冰凉的心。

山野的黄昏热闹起来了:青蛙哇啊哇啊地叫,似乎讥笑他完了完了;一群飞来的鸟儿,瞥了他一眼,露出小觑的神色,唱着,舞着,累了便悠闲地回到窝里——可他累了,窝在哪里呢?他不能回答自己。

他昏昏地走着,不知不觉来到了禾场上。

突然他眼睛一亮,一群孩子正在玩捉迷藏。这是他小时候最爱的游戏,他也是这个游戏的高手——他捉别人容易,别人捉他很难。这里有草堆、大树、牛棚、猪舍……遮挡物丰富，是玩捉迷藏的好地方。

二十多年前，在家乡的田野里，小河边，禾场上……他们这群孩童玩伴，玩耍、嬉戏的一幕幕又回到他的眼里。热了，到小河里洗一洗；累了，在草地上仰一仰，对着月光，说几回梦话，打几个滚……

"叔叔，叔叔，和我们一起玩游戏好吗？"一个大男孩使劲地摇着他的手臂，把他从梦境中拉了回来。

他吃了一惊，直跳起来，环顾四周，是一群孩子，这才止住心跳。他转身背对着孩子，擦了擦泪痕，理了理乱发，掸了掸满身的疲惫——虽然孩子们夜晚根本看不清，然后走近孩子，掏出一沓十元钱，双手捧着，努力挤出笑容说："我一藏起来，你们能逮，不，不，能找到我，每人赏十元。"他忌讳"逮"字，一提到这个字，身上就起鸡皮疙瘩。

孩子们拍手叫好，闭上眼，转身背对着他。

月亮藏在黑云里，是藏匿的好时机。机不可失，他立即选好地方，一闪身，消失不见。

暂停片刻，孩子们开始捉他。

想不到，真的想不到，片刻，仅仅片刻，孩子们就把他揪了出来。

他不服，大叫："你们肯定偷看的。"

"捉你还要偷看？哈哈哈……"孩子们一阵轻蔑的笑声，刺得他缩小了不少。

他叹了口气,只得兑现自己的承诺,每人十元,发钱的手在颤抖,筛糠似的。

他不甘心,又掏出一沓五十元,扬了扬,说:"你们趴下,闭上眼,不准回头。如果再能找到我,每人赏五十元。"

"不许偷看噢!"他反复叮咛,又藏在暗处观察一会儿,确信他们没有偷看,就迅速选好自认为最佳的地方藏了起来。

少顷,孩子们开始捉他,一会儿,只一会儿,孩子们又把他捉了出来。

他心里咯噔一下。怪了,儿时他是藏猫猫高手,只要他藏起来,就很难被找到。

"再来一次,再来一次!"他歇斯底里狂吼,想最后拼命一搏。

他把随身带着的一件黑衫撕成布条,亲手把孩子们的眼睛蒙上扎紧,命令他们背对他趴下,又点燃一支蜡烛,说:"回头是小狗,你们揭开黑纱,须等蜡烛燃尽!"又掏出一沓百元钞,"如果这次你们再能逮……"他恨自己不争气,又冒出"逮"字,狠狠地捆自己一嘴巴,慌忙改口,"不,再能找到我,每人重赏一百元!"

孩子们欢呼雀跃。

最危险的地方,就是最安全的地方。他暗暗得意,这次藏的地方,孩子们肯定找不到。又躲在暗处偷窥了一下,确信万无一

捉迷藏

失……

没想到,一会儿,只一会儿,孩子们就把他捉了出来。

他像泄了气的皮球,有气无力,结结巴巴地说:"你们怎,怎么那,那么快就找到我?"

孩子们笑着说:"你想到的地方,我们早就想到了,哈哈哈……"

他心里咯噔一下,如坠万丈深渊,喃喃自语:"躲得了初一,躲不了十五……跑得了和尚跑不了庙啊……"

孩子们听不懂他在说些什么,都嚷着要钱。

他叹了一口气,掏出身上所有的钱,扔在地上,无精打采地说:"你们自己分吧……"

那一夜,他仰躺在草堆上,呆望着冰冷的月光,辗转反侧,夜不能寐。天一亮,他打开关闭好几天的手机,拨通了那个熟悉的号码说:"我想通了,马上去自首!"声音很大。

太阳出来了,他昂着头,朝着宽阔的大路走去……

(发表于《小说月刊》2016年第9期,《微型小说选刊》2017年第6期转载,入选《2016年全国微型小说精选》。获第三届世界华文法治微小说"光辉奖"征文大赛一等奖,鸠江区宣传部首届精品文学奖)

附：评《捉迷藏》

文/雪　弟

毫无疑问，《捉迷藏》是一篇优秀的小小说。它经由一个惯常的游戏，表现了迷失的人性的挣扎和苏醒。那么，从艺术技巧上说，它是怎么做到的呢？我认为，是隐喻和暗示手法的成功运用。很容易看出，"捉迷藏"是主人公试图与警察（或纪委人员）进行较量的隐喻。说很容易看出，并不是指文本中交代得很明显，而是说种种暗示把我们轻松地送到了事物认知的彼岸。譬如语言的暗示："他惶惶地走着""青蛙哇啊哇啊地叫，似乎讥笑他完了完了；一群飞来的鸟儿，瞥了他一眼，露出小觑的神色"，等等。"惶惶""完了""小觑"和"逮"等字眼暗示这是一个深陷泥沼的人，一个迷失的人。而孩子的话，"你想到的地方，我们早就想到了"，则暗示主人公确定的结局。又譬如物件的暗示。捉迷藏本是一种最简单的游戏，有遮挡物就可以玩，目的无非就是"快乐"两字。可作者为何在游戏中加入钞票这个物件呢？一个是反映主人公扭曲的心态，第二个则是暗示主人公身份以及贪腐的事实。总之，种种暗示让主人公的性格和内心较为清晰地呈现了出来，主题自然也渐渐明了。不过，从"暗示"的写法手法来看，主人公打电话说他要自首以及"太阳出来了，他昂着头，朝着宽阔的大路走去……"这个结尾就显得有些直白了。

[雪弟，1974年生，现任教于惠州学院文学与传媒学院，二级作家。在《红豆》《百花园》《扬子江》《文艺评论》《小小说选刊》等发表小说、诗歌和评论两百余篇（首）。曾获第六届小小说金麻雀奖、首届中国微型小说理论奖、第四届全国打工文学铜奖等]

沉 默

病床上,他翻来覆去睡不着,手术进入倒计时了。

老婆进来,他急切地附耳悄声问,办了?

没!老婆苦笑着摇头。

他的脸更白了。

少顷,郝主任来了,后面跟着一群白大褂。

郝主任微笑着走近他。看了看脸色,翻了翻眼皮,摸了摸脉搏。又翻开他的病历,一页一页仔细地看。看了一会儿,郝主任温和地对他说,不要紧张,没事的。他盯着郝主任的脸,嗯了一声。

等郝主任一出门,他迅速附在老婆耳边说,快,跟紧他,找机会。

活动病床缓缓拖着他。老婆还没回。一路上,他四下张望。当头碰到手术室门时,他突然抓住门把,死活不肯进去。护士开导他,他说我等郝主任。护士说在里面。他才松开手。

　　手术室里,机器发出轻微的响声。无影灯下,医生护士紧张忙碌,都封得严严实实。他的眼睛在戴口罩的各个脸上搜来找去。

　　突然,他发现中间有个口罩嘴动了一下,周围的人马上响应。

　　是郝主任!他盯着那个口罩,死死不放。

　　麻醉药到时间了,他依然倔强地睁大眼睛,盯着那个口罩。麻醉师慌了。

　　郝主任忽然想到了什么,贴在他耳边小声说,红包收下了。

　　他才合上眼睛,瞬间鼾声响起。

　　醒来后,护士说,你运气真好,郝主任是有名的"一把刀"哟。

　　他无语。

　　护士刚走,他对老婆说,还是红包威力大啊!

　　甭想歪了!老婆乜了他一眼,掏出红包,在他眼前晃了晃。

　　他急了,刀口疼得一闭眼睛,你呀你,不收红包,那辅助药还不给猛用啊?

　　病房一片沉默。

（发表于《小说月刊》2018年第11期。获2018年"美音自在溧阳"全国闪小说大赛优秀奖）

阿贵的呐喊

　　阿贵扒掉皮袄，扔在树梢，往手心吐了几口唾沫，撅着屁股拼命挖。他把所有的愤怒，所有的烦恼，所有的痛苦，都拧在锹把上，铁锹深深地插入泥土里。不一会儿，一个大坑周围就堆满了新鲜的冒着袅袅热气的泥土。

　　挖什么呀？埋什么啊？天蒙蒙亮，不断有村民路过院门口探头探脑地询问。

　　阿贵只顾埋头挖泥。他不敢搭腔，一个字也不敢说。村里的情况他清楚得很，哪怕你放一个屁，都能被人编成谣言，传到十万八千里。

　　阿贵觉得自己倒霉透顶了。那天，他喝多了酒，深更半夜回家，走错了方向，竟然敲到对过田寡妇门上，偏偏撞上了几个长舌妇……阿贵挨家挨户解释过，在村里的微信群呐喊过，逢人就揪住不放，非要辩白一番。可越解释，谣言长得越快，飞得越远。起初说他和田寡妇早就有一腿了；后来又说田寡妇的丈夫是发现他们的奸情后，活活被气死的；更有人说田寡妇的儿子是个野种：嘿嘿，阿贵这人呀，外表老实巴交的，实际上一肚子坏水……

传得有鼻子有眼的，连阿贵的老婆也相信了，一气之下，回了娘家。阿贵就是浑身长嘴，也说不清了。阿贵整天如坐针毡，茶饭不思，昼夜难眠。老是感觉天上地下，前后左右，都有讥笑声，都有鄙夷的眼光在瞅着他。逃到哪里，讥笑声就撵到哪里。

这时候，儿子飞过来了，扭着肥屁股甩着两只小手，老远就喊，爸爸！爸爸！你挖坑干什么呀？

埋谣言！阿贵瓮声瓮气地说。

谣言长啥样呀？儿子好奇地问。

不知道！

能吃吗？

不能吃，有剧毒！

哪儿有呀？儿子四下瞅瞅。

人人身上有！

我身上有吗？儿子有点害怕，用眼睛在全身找了一遍。

现在没有，你长大了就有。阿贵叹了一口气说。

你干吗挖那么大，那么深呢？儿子张开臂膀比画着。

我要把所有的谣言都埋进去！阿贵气呼呼地说。

村里人像猎狗嗅到了什么特殊的气味，纷纷围了过来，伸长老鹅脖子朝坑里窥探。有的盯着阿贵冒汗的圆脑袋，琢磨来琢磨去；有的掏出手机照来照去……

阿贵不闻不看，始终一个字也不吐。

挖到有半人多深了，阿贵仰起头，双手从头上方抓几把，一手捏着头，一手掐着尾，像捉黄鳝一样，扼得死死的。然后狠狠地往坑里掼，再踩上几脚，又蹦起来，往下跺。一边跺，一边咬牙切齿地说，我让你害人！我让你害人！

捉完天上的，再捉前后左右的。

围观的村民吓得往后退，生怕阿贵逮住自己。

捉完了，阿贵舒了一口气，揩了一把汗，四下瞅瞅，坑像个棺材，不大不小，躺倒正好合身。闭上眼，浑身舒坦，自己就是个谣言篓子，这身臭皮囊埋掉最好。这时，噪音更大了，周围更乱了，乱糟糟的，滴滴滴，喂喂喂，快来看呀，你们看！你们看！叽里呱啦，他感觉有无数个手机在晃动，无数张嘴像大喇叭一样向全世界广播。不行，就这样死去，还不知道会产生多少谣言呢！

他慌忙爬上来，开始填土，每覆一层，阿贵都在上面跺几脚，又用榔头夯几下……

看稀奇的人越来越多，像看大把戏一样，挤满了阿贵的院子，水也泼不进去。

这时，人们互相耳语，丢眼神，小声叽咕。有人闪到一边，开始打电话，发信息……

捉迷藏

突然，一阵尖锐的警笛声传来。乱糟糟的小院里，霎时安静下来。

从车上跳下来几个白大褂，人们自动闪开一条路，几个大汉蹿到坑前，立即动手，迅速扑倒阿贵……

阿贵在救护车里挣扎着呐喊："你们疯啦！我没疯，狗日的谣言！"

游　戏

爷爷喜欢和我做游戏。我问爷爷为什么喜欢和我做游戏，爷爷说，这些游戏……不害人。

我不懂。

一天晚上，我和爷爷靠在床头，听他讲故事。这时，柴门响起了急促的敲门声，一个阴冷的声音挤进来："到大场基上开会，带上牌子！"

爷爷的笑容陡然僵在脸上。

爷爷颤抖着套上裤子，匆匆下了床，拎着那个藏得像活宝似的牌子，推开门，回头望着我严厉地说："待在床上，不准出门！"就消失在夜色里。

爷爷每次开会，我都想跟着，但爷爷总是不允，还虎着脸说："开会有什么好玩的？不准跟着，乖孩子听话，回家我炒盐豆子给你吃。"

捉迷藏

　　好奇心驱使我趁着夜色悄悄来到大场基上。

　　椭圆形的大场基上围满了人，爷爷跪在中央的土台上，胸前挂着牌子，一盏昏黄的马灯映着爷爷沧桑的脸。

　　队长站在爷爷身边，举着拳头，振臂高呼："打倒王五！"声音响彻夜空。

　　台下的群众跟着喊："打倒王五！"

　　爷爷也举着手低着头跟着喊："打倒王五。"

　　王五是爷爷的名字。

　　声音像潮水一样，一浪高过一浪。伴随着口号声的是雨点般的拳脚落在爷爷的身上。

　　"不许打我爷爷！"我大声喊着扑了上去，想护住爷爷。爷爷抬起头大声说："快下去，我们在做游戏。"又晃了晃身体微笑着说，"你看我一点儿也不疼，很开心，听爷爷话快回家。"

　　噢，原来村里人在和我爷爷做游戏，是在逗我爷爷开心呢，我笑了。会还没散场，我就溜回家，我盘算着要给爷爷一个更大的惊喜。

　　第二天，我趁着爷爷下圩干活，翻箱倒柜找到了那块牌子，我一阵窃喜。

　　我找来村里的几个小伙伴，让冬瓜扮演队长，南瓜、菜瓜、扁豆扮演群众，我挂着牌子扮演爷爷，我对他们说，你们捶我踢我，不能使劲，只能做做样子，这是在做游戏。

　　快近晌午了，我抬起头，瞥见爷爷扛着锄头从田里走来。我们赶紧做好准备。

我胸前挂好牌子，跪在门口，面朝外，低着头，牌子上五个大黑字在阳光下忽闪忽闪的。

冬瓜举起拳头，学着队长的样子，奋力高喊："打倒王五！"

南瓜、菜瓜、扁豆学着全村人的样子，喊："打倒王五！"

我学着爷爷的样子，有气无力地喊："打倒王五。"

小伙伴一边喊口号，一边在冬瓜的带领下，纷纷对我拳打脚踢。

队长看见了，夸奖我们几句走了，留下一路嘿嘿的笑声。

爷爷老远就看见了，甩掉了锄头，张开双臂向我扑来，我想爷爷要抱我呢，这回盐豆子够我吃了……

谁知道，爷爷奔到我面前，甩开手臂狠狠地给了我一巴掌，又一把扯掉我胸前的牌子扔得远远的。爷爷一屁股坐在地上，老泪纵横："你不该玩这种游戏啊，千万千万不能玩，它太危险，玩不好，天会塌下来……"

爷爷两手撑起身体，摇摇晃晃地站起来，走到我身边，抱起我紧紧地搂在怀里，摩挲着我的脸蛋，哽咽道："小乖乖疼吗？爷爷对不起你……起来，喊上你的小伙伴，一起去草坪上，做你们那不害人的游戏……"

（发表于《短小说》2014 年第 12 期，《四川文学》2015 年第 1 期转载，《弥水》2015 年季刊转载，《芜湖日报》2016 年 6 月 1 日转载）

附：评《游戏》

文/雪 弟

在同类题材的小小说创作中，《游戏》无疑是较为出色的一篇。究其原因，我认为，主要与其"以轻写重"的写法有关。何谓"以轻写重"？简单地说，就是落笔虽轻，但书写的内容相对沉重。很容易看出，《游戏》是通过一个人的悲剧去表现一个时代的悲剧，这是何其沉重的主题，但作者并未采取浓墨重彩的笔法来铺叙、渲染，而是在轻描淡写之中，把这种特殊时代下的悲剧给展示了出来。譬如，写到"我爷爷"被村里人拳打脚踢时，作者没有着重渲染他的悲苦，而是让他露出了微笑，说他们是在做游戏，他一点儿也不疼。"我爷爷"真的一点儿也不疼吗？他们是在做游戏吗？作者越是这样轻描淡写，就越发显得那个时代荒谬。把"以轻写重"笔法用到极致的是"我"和小伙伴们对所谓"游戏"的模仿这一情节，它进一步深化了沉重的时代悲剧主题。另外，标题叫作《游戏》，显然也有"以轻写重"之意图。

匿名电话

我刚上班就接到群众举报，反映山洼乡旮旯村教学点老师石仁经常躺着上课，电话反复打到县长办公室，他躺着上课的图片在网上传得满天飞，影响恶劣。县长批示：立即查处！

我们马上成立调查组，火速赶往山洼乡旮旯村。

旮旯村教学点，窝在老山洼里，偏僻闭塞，只有一条羊肠小道通向山外。

徒步攀爬了两个多小时，才到达旮旯村，我们浑身被汗浸透了。

在旮旯村的田地里，我看到一群人正在干活，便笑吟吟地走近一位正在锄草的老头，问："您好！老人家，请问石仁老师经常躺着上课吗？"

老头拄着锄头，上下打量我一番，疑惑地问："你是不是县里下来调查石仁的？"

我点了点头。

老头一下子来了精神，气呼呼地说："嗯，嗯，是经常躺着上课，不信你自己去看……你们上面干吗不管？哼！太不像话，还不赶紧把他调走！"

这时干活的人都围了过来，一位中年妇女说："……哎哟哟，这个石仁，躺着上课就躺着吧，还让我们送吃送喝，像个大爷！把他调走，调得越远越好，眼不见心不烦……"

"我们乡村都不愿要石大爷！马上滚走，最好滚到县城去！"一个青年人挤进来大声嚷嚷。

"对，对，最好滚到县城去！"一群人马上跟着附和。

没想到石仁在村里人缘这么差，我怀着沉重的心情来到教学点，趴在窗口朝里望，果然看见黑板边的床上躺着一位头发花白、脸色铁青的老头，颤抖地举着教鞭，吃力地指着墙上的生字卡片，有气无力地读着。一条旧被子裹着他的下半身。

教室不大，只有十几个小学生。

我气呼呼地跨进门，随同的人员指着我对石仁说："这是教育局纪委的张书记，快站起来！"

石仁动了动，还是没起来。

"你有病吗？！"我厉声质问石仁。

石仁摇了摇头，嘴唇抖了抖，似乎想说话，但最终没有说出来。

"孩子们，你们老师是不是经常躺着上课？"我掏出纸和笔，转身面对小学生和蔼地问,准备记录。

小学生齐声回答:"是的,一直躺着。"

这时,教学点门口,除了悄悄跟随的那群干活的,又涌来了不少村民围观。

"你知道这样做的后果吗?"我瞥了一眼门窗外围观的村民,瞪着石仁严厉地问。

石仁抓了抓头,没作声也没起来。

真是山高皇帝远,无法无天!天底下竟有这样上课的,我气不打一处来。一把揭开盖住石仁下半身的旧被子,露出上了石膏、缠着厚厚绷带的双腿。

我禁不住"啊"了一声:"这双腿?……"我盯着石仁问。

石仁还是一言不发,泪悄然滑落。

"救学生时跌下山崖摔折的……"好几个村民抢着回答。

"啊,怎么会是这样!……现在好些了吗?"我缓过神来,轻轻捏了捏石仁的腿柔声问。

"你们到现在还不知道?真是官老爷!……"村民你一言我一语,冷嘲热讽。

我的脸上火辣辣的,我为我刚才的想法感到脸红。

"我们全体村民,强烈要求把石仁老师调走!"村民不约而同地说。

"为什么?是不是他教得不好?"

"哼!我们村出了那么多大学生、硕士生、博士生,哪个不是石老师带出来的?!"

我更加不明白了："那你们为什么要撵他走呢？"

"石老师家住镇上，师范毕业后主动要求分到这里，一干就是二十多年，是我们村的大恩人！……近几年他身体不好，经常犯晕，现在救人又成这样，也没人理睬，我们实在不忍心他在这里受一辈子罪啊！"

"那你们为什么希望他调到县城呢？"

"因为他的女儿嫁到县城，我们希望苦了那么多年的恩人，晚年能得到更好的照顾，享受更好的生活！"

"可是，可是，为什么会有那么多人打举报电话呢？还打到县长办公室？"我好奇地问。

"哈哈，不这样做，你们谁会把眼睛落在像石老师那样的老实人身上！"

（发表于 2016 年 5 月 18 日《中国教师报》，《微型小说选刊》2016 年第 15 期转载）

附：评《匿名电话》

文/雪 弟

《匿名电话》采用"欲扬先抑"的手法，刻画了一个甘于奉献的乡村教师形象，同时对官僚主义和形式主义进行了戏谑的批判。这种戏谑，主要体现在结构的巧妙设置上。这篇小小说属于什么结构类型呢？我认为，可以叫作"诱敌深入型"。多人打匿名电话，把"敌"引诱过来；众村民对"我"说让石老师赶快"滚回"县城，诱"敌"一步步进入伏击圈；众村民揭开石老师"躺着上课"真相和多次打举报电话内情，把"敌"狠狠教训了一番。至此，一场戏谑性的批判完成了。从叙述效果来看，这种结构安排无疑是成功的。它既因设置了悬念而好读，同时讽刺效果也更强烈。

王局长的新年

王局长来回踱着方步，倒剪着手。微信嘀嘀响个不停，像无数只雀儿在叫。宽敞的客厅里，茶碟果品发出诱人的香味，花草竞翠，温暖如春。

他四下张望，侧耳静听，总觉得门外有动静，隐隐约约，似有若无。走近大门，冲着猫眼仔细张望，没人。

新年的第一天，竟这么冷清，往年这个时候，多么热闹啊！

咚咚——有人敲门，这回是真的，清清楚楚。他直跳起来，慌忙打开门，楼道里空空荡荡。难道敲错了门？低头一看，发现一双鞋，绿色的，渐渐胀大，像正在充气的皮球。他急忙蹲下身，双手按在鞋上，瘪瘪的，啥也没有。他咧了咧嘴。

手机还在叽叽喳喳，像潮水一样，一波接一波，烦死人！不用看，肯定是部下发来的祝福，他不习惯微信，不喜欢这样拜年。索性把手机调成静音。他眼睛不好，不想一一回复，那样挺烦的。他想等"潮水"过后,在群里和朋友圈统一回复一下了事。

老婆在厨房里来回穿梭。他枯坐在桌边,孤单寂寥,不如下楼走走。

他下到四楼,发现门口放着一个红皮袋子,鼓鼓囊囊的。是不是有人送错了门?

他扑过去,撕开红皮袋子,原来是一袋垃圾。是不是藏在垃圾里呢?为了不引人注意,有人曾经干过。故意把东西埋在垃圾里。剖开垃圾,哈哈,原来藏着真金白银。

他寻来一根小木棍,在垃圾里搅了搅,一股怪味刺鼻,狗屁没有。

他向三楼走去,又向二楼走去。没想到也这么冷清。这里住的领导,比他官职大,比他级别高。往日,在这样的时节,人来人往不断,挤满了楼道。唉——现在真是不可思议!他喃喃自语,摇了摇头,继续往楼下走去。

客厅里空荡荡的,过道上空荡荡的,小区大院里空荡荡的,他的心里也空荡荡的。

昏头昏脑地往街上走,漫无目的。

街道挂满了红灯笼,天空飘着彩球,歌声裹着舞曲在大街小巷横冲直撞。他总觉得不适应,似乎缺少点什么。哼!没有鞭炮的噼里啪啦,还叫过年吗?

那个熟悉的大酒店,从前是他们的定点单位,他忍不住又瞅了几眼。以往,多么红火,现在却关了门。本来他固执地以为,反腐的锣鼓只是敲敲而已,雷声大,雨点小,想不到这回是裁缝打架——真(针)干上了。

他背着手,低着头,闷声闷气地走着。突然手机响了,是老婆打来的:"老头子,快回来,家里来人了!"

王局长像打了一针兴奋剂,转头急步往家里赶。

推门一看,原来是女婿女儿回来了!

"爸爸新年好!""阿公新年好!"女婿女儿外孙女亲亲热热地叫着。

王局长热情地迎上去,依次握着女儿女婿外孙女的手,瞅着香案上的大包小包,笑眯眯地说:"小王,小李,真是的,来就来嘛,还带啥东西,下不为例哟,呵呵……"

全家人先是一愣,接着哈哈大笑,笑得眼泪直流。王局长不好意思地挠了挠头皮,随之也哈哈大笑起来。客厅里充满着快活的空气。

（发表于《小说月刊》2019年第5期）

传染病

这种肝炎通过接触传播。你们不能到堂哥家玩，不能黏着堂哥，更不能和他一块吃饭！阿明望望堂哥，对妹妹和弟弟说。

一旁的刘医生点点头，说"对的"。

哪知道妹妹根本听不进去，非但不听，还向二叔告密。

阿明路过二叔家门口，二叔拦住了他。二叔叉着腰，狠狠地点了点阿明的脑门，气呼呼地说：你这小东西也太不像话了吧，你哥生了病，你不来看他，我也不怪你；你不来安慰他，我也不气你。可你还拦着弟弟妹妹，不让他们来！

二叔刀子似的眼光，刺得阿明不敢说话。

你到底想干什么？你说！二叔逼问。

是医生说……传染……阿明低着头嘟嘟囔囔。

二叔更来气了：你听医生扯，医生总是小题大做的。你小时候得了病，医生也说传染。我们嫌过你吗？和你一块吃一块睡，有好吃好喝的，先可你，你吃剩下的我们再吃。吃东西生怕烫着你，总是先在自己嘴里捋一下，才一口一口喂你。有谁传染了吗？

可是，可是，书上说，这种病传染很厉害啊！阿明抓抓头小声说。

二叔说，厉害啥！村里祖祖辈辈住在这里，不都活得好好的吗？发过几次人瘟？你哥和我们，整天黏在一起，传染了吗？就你识几个鸟字，嘘上了天。

二叔，我求求您，最好用一双公筷子夹菜。阿明着急地说，脸憋得通红通红。阿明真担心，假如二叔全家都传染上了，谁来做饭？谁来种田？

二叔气得发笑：你呀，我不知说你什么好。这也不能吃，那也不敢吃，吃东西像鬼掐了嗓子。你看看我，你看看全村人。说着二叔撸起袖子，露出粗壮结实的肌肉，哪个不比你长得壮？哪像你，腿像麻秆，胳膊像灯草，瘦得像大烟鬼子，哈哈哈……

阿明梗着头，噘着嘴，满脸的不服气。

古老的村子，同饮一口塘，共用一个水龙头，淘米洗菜，洗衣浆裳，洗脸刷牙，都在这里。阿明看过不少医书，咨询过许多医生，感觉这样不卫生，不干净，还有可能相互传染。特别是堂哥得了肝炎之后，阿明在水龙头当着好多人的面说，淘米洗菜的地方，不能洗衣刷牙！可第一个跳出来反对的就是二叔，二叔说，古村几百年都这样过来了，也没哪个说不好，也没哪个身体差，也没哪个得了怪病。就你啰唆，就你是人物，就你命最值钱,就你最怕死!……其他人马上跟着附和。阿明除了得到无数的白眼,就是阵阵讥笑和嘲讽。阿明蒙了,又认真地看过多本医书,没错!白纸黑字,书上写得清清楚楚,都说这个病传染,要注意防护。阿明坚信,这样不听劝,肯定会有很多人被传染,肯定会有很多人倒下。阿明又气又急,眼泪汪汪。

你笑你的,我做我的。阿明严格按照书上做,坚持饭前便后洗手,坚持开水消毒碗筷。

果然不出阿明所料,一周不到,堂妹倒下了,二妈倒下了。眼睛都黄了,还口口声声说,啥事没有,屁都不放的二叔,终于支撑不住轰然倒下。紧接着妹妹倒下了,弟弟倒下了,全村一个接一个倒下了。只有阿明"岿然不动"。

二叔如梦初醒,人们恍然大悟。现在阿明成了二叔的"神",也成了全村人的"神"!

阿明洗手,二叔也洗手,而且用肥皂反复搓洗;阿明烫碗筷,二叔也烫碗筷;阿明用一双公共筷子,二叔也用一双公筷子,二叔虎着脸对家人说,谁不用公筷我饶不过你!

一天,阿明走过崴了脚的呆瓜家门口,捏着鼻子。二叔瞅见了,每次走过呆瓜家都捏着鼻子,全村人每次走过呆瓜家也捏着鼻子。阿明很不理解,问二叔,问村里人,为什么?二叔和村里人都说,不是跟你学的吗?阿明咯咯一笑说,那天走到呆瓜家,正好飘来一股大粪的臭味。

(发表于《浙江小小说》2018年第5期)

捉迷藏

奔跑的电子秤

这天，梦妹双手拎着哑铃，艰难地跋涉在林荫道上，上气不接下气。突然看到很多女人，捧着电子秤往前奔跑。

好奇心驱使梦妹前去打探，女人们只顾匆匆赶路，没一个搭理她。

碰到一个熟人，梦妹一把揪住不放。熟人说，给电子秤看病！

电子秤还要看病？梦妹不由得笑出声来。

不信，你看手机！熟人挣开手，甩出一句，就飘出老远。

梦妹奔回家，慌忙打开丈夫的手机（她的手机出了故障）。微信群、朋友圈，传疯了。说女人减肥不成功，是电子秤出了毛病！医院开设了指针科、电池科、急诊科、零售科等，说得有鼻子有眼的。

难怪稍一松懈，电子秤上的数字就直往上蹿。梦妹眼睛一亮。

丈夫不屑地说，扯淡！电子秤坏了，不能再买吗？这种谣言你也信？

梦妹哪听得进去，白了丈夫一眼，抱起电子秤，就往外奔。

街道上，一群群女人，捧着电子秤，脚步匆匆，疯了似的往医院赶。行路的男人讥笑她们是疯子，女人们还击，你们不是疯子，就是胖子！

梦妹把电子秤捂在胸口上，像抱回一个婴儿。

刚到家，马上站在电子秤上，哇，少了五斤！

梦妹双手合十，坐在床上，嘴里叽叽咕咕地念了一会儿。又拧开一个漂亮的盒子，抠出膏子，往身上肥肥的地方涂抹。然后又打开一个精致的小瓶，倒出一把药丸，一仰脖子，吞进肚里。

丈夫吃惊地说，你干什么？

嘿嘿，你不懂！梦妹神秘兮兮地说，这是祖传秘方，瘦身经，瘦身膏，瘦身丸。

第二天，天还没亮，丈夫就被梦妹摇醒，老公你快看，乖乖！又少了五斤啦！以前累死累活，也降不下来。现在只一天一夜，就降了十斤。梦妹又叫又跳。

丈夫揉揉眼睛，仔细看看，将信将疑。

这几天，梦妹好像着了魔，走着走着就笑了，睡着睡着就叫了。瞅着深夜还在埋头苦读的儿子，梦妹心痛地说，我可怜的儿，这样没日没夜地学，也不是个办法啊！你是不是哪里出了问题？你看我修了一下电子秤，身上的肥肉立马掉下来了。如果找到聪明丸，一吃就能考上清华北大，那就好了……

儿子心动了，干脆合上书，倒在床上。

丈夫下夜班回来，拖着疲惫的身体。梦妹搂着他，柔声说，老公，这样拼命干，能挣多少钱？你应该去炒股买彩票。听医院人说，有个穷光蛋，随意买了张彩票，中了五百万！

丈夫听了，直叹气，脸上横肉一颤一颤的。

梦妹把减肥前后的照片发在朋友圈里，并发表感慨，真是胖瘦分明啦！感谢电子秤医院，亲爱的电子秤，是您找回了我的青春……

没想到无数人点赞，无数人转发。

很多女人纷纷响应，在朋友圈、微信群晒出她们的苗条身材。

电子秤医院决定出售电子秤，郑重声明，只有我们的电子秤，才能让女人找回梦想。

梦妹打开窗户，人们抱着电子秤，在街道上来回奔跑，男男女女，老老少少，像两条逆向行走的长龙。

商店的电子秤卖不出去，堆成小山。商店老板大怒，骂电子秤医院是骗子！官司打到法院。

电子秤医院是骗子，那我们就是呆子，这不是往我们女人脸上抹黑吗？我们女人绝不答应！

梦妹穿着超短裙，领着一群苗条的美女，鱼贯走进法庭，发现法官是她的同学，暗自高兴。梦妹花枝招展，走到法官面前，嗲声嗲气地说，法官大人，电子秤医院冤枉啊，你要为我们女人做主！一群美女也不示弱，跟着向法官抛媚眼。

法官判定，商店败诉。美女们鼓起掌来。

可好景不长，法官出事了——收受电子秤医院巨额贿赂。

商店赢了！

电子秤医院关门了，原来电子秤医院在电子秤上做了手脚，所谓的祖传秘方，原来是泻药……

美女们蔫了，网上一片沉寂。

梦妹整天待在家里，玩玩游戏，看看电子秤，啥事不干。身体吹气似的鼓起来。

一天，梦妹梦见自己穿着瘦身衣，躺在瘦身床上，一眨眼工夫，就蜕变成苗条的少女，忍不住笑出声来。

(发表于《芒种》2018年第11期)

捉迷藏

心　罚

　　夜深人静，温孩执笔的手在颤抖，往事一桩桩、一幕幕蜂拥至笔端。

　　温孩已写了无数遍，这篇作文，曾经把他折磨得死去活来。

　　几个月前，警方再次突袭温村，抓到的赌徒中，又有学生温孩，魏所说我要亲自审他！

　　魏所正襟危坐，一脸的威严，猛地一拍桌子，厉声说，你屡教不改，我要把你关起来！

　　温孩吓得把头埋到裤裆，浑身筛糠。他知道村里有人关过，说那滋味不好受。

　　魏所瞅了一眼他那熊样，口气缓和地说，你只要答应我一件事，我不关你，也不罚你，立马放你。

　　温孩像打了针鸡血似的，抬起了头说，什么事？

　　魏所绷着脸说，写一篇作文，题目是《赌博的危害》。给你两周时间,到期不交,我派人抓你!语气很硬,不容拒绝。

温孩一听,急得直抓头,他最怕作文,勉强凑一篇,错别字成堆。

魏所从抽屉里拿出一本崭新的《现代汉语词典》,递到温孩手里,语重心长地说,你要认真写,用心写,不难!

温孩捧着词典,站着发呆,还在犹豫。

是罚,是关,还是写一篇作文?你自己考虑!魏所的话,掷地有声。

温孩反复掂量,还是选择了作文,一想到关在里面,他身上就起鸡皮疙瘩。

一连几天,温孩强打精神,坐在桌边。写了擦,擦了写。老半天,竟写不出一个字。

他失眠了。他恨自己,不听老师话,不听爷爷话,恨自己学习三天打鱼两天晒网……

眼看时间一天天逼近,魏所的电话,催魂似的。

思来想去,还是上学。在学校,可以问老师,问同学,可以上网。闭门造车哪行?

要真实!真实!你们村,黄妹是怎么死的?木头的手是怎么断的?你父母为什么离婚?……你要多调查,多了解,用事实说话……不行,重写!每次交稿,魏所都能找到缺点。

温孩找到黄妹妈家,空荡荡的土墙瓦屋里,只有一位白发老奶奶摸来摸去。听人说,黄妹妈的眼睛哭坏了,连电饭锅上的字和指示灯也看不清。温孩帮她拖地拎水,端茶盛饭。当他提到黄妹的死,老人像触电一样,浑身颤抖,眼泪扑簌簌地往下掉,边哭边诉。原来,黄妹的丈夫外出打工,黄妹在家专职带小孩,其他事情不做。经不住赌友撺掇,染上赌博,越赌越浑,孩子不管不顾,跌进石灰窑里也不知道……听邻居说,黄妹不敢告诉丈夫,抱着儿子的尸首,把自己锁在三楼的卧室里,哀号不止,声音传得老远。突然声音停止了,村民们跑到楼下,来不及了,黄妹穿着新婚的盛装,抱着儿子,从三楼坠落,地面瞬间开出一朵嫣红的大血花。

温孩的心在战栗。

温孩又找到木头家,木头不在。邻居私下对他说,木头手艺好,会挣钱,哪个遭天杀的赌头,把他引到赌场,几天就把十几年挣的钱输得精光。木头输红了眼,想回本,到处借钱,借不到就偷……还不起,只好用一只手抵债。

温孩听了,不寒而栗。

那天晚上,温孩第一次和爷爷面对面,促膝谈心,问了很多问题,妈妈离婚,爸爸过年不回家,为什么?

都是赌博惹的祸!爷爷叹一口气,道出实情,布满沟壑的脸上,老泪纵横。

连日来,黄妹绝望的哀号,老人悲苦的哭诉,木头血淋淋的残手,爷爷无奈的叹息……时时在他的脑海里激荡,挥之不去。通过调查走访,温孩还发现,凡是好赌的村子,大抵都贫穷落后，治安差……

沙沙沙，温孩奋笔疾书，时而流泪，时而颤抖。他感觉有好多话要说，不吐不快，不写不行。

看着温孩的作文，魏所被打动了，露出满意的笑容。

温孩挺起胸膛，对魏所说，我要继续读书，考大学！

魏所拍拍温孩的肩膀说，好，我支持你！

后来，温孩常常感叹，是魏所让我获得了新生！

（发表于《小小说大世界》2020年第1期，2020年1月12日《厦门日报》法制文学副刊转载，《微型小说月报》2020年第8期转载。获2018年第五届"光辉奖"世界华文法制微型小说大赛三等奖，芜湖市"法润江城"法制文化作品征集评选活动文学类优秀奖）

走就走吧

阿成拍拍涨乎乎的脑门,匆匆赶往学校。

还没进办公室,虚掩的门里就冒出叽叽喳喳的议论声,阿成这人哪……阿成只听到这没头没脑的一句,就推开门,大声说,哈哈,说曹操,曹操到!哪知道,阿成这句话像灭火的泡沫,一下子浇灭了一屋子的热闹。本来聚拢在一起的同事,像潮水一样纷纷退回到自己的座位。有的盯着电脑,有的打开书本,有的在本子上写着画着,都显得很认真。

说呀,继续说,阿成笑嘻嘻地说。没有一个回应,都埋头忙着自己的事,室内的空气似乎凝固了。阿成感到很奇怪,以前从未有过。

中午,阿成一个人占着一张饭桌,闷头闷脑吃着饭,孤零零的。同事们打完饭都离他远远的,情愿挤在一张桌子上,也不愿和阿成坐在一起,好像阿成身上有电。就连好得和他穿一条裤子的阿四也不例外。以前，只要阿成打饭坐在哪里，就有很多同事围过来，和他说笑打趣。今天怎么了？真是太阳从西边出来了。同事们挤在一起，边吃饭边小声嘀咕什么，还不时往阿成这边瞥一眼，鬼头鬼脑的。阿成端着饭碗踱过来，蚊子般的声音立马停了。

这一天，阿成如坐针毡。

好不容易熬到下班，阿成走到阿四身边说，一起搞几杯。不啦！说完，阿四人已飘出老远。阿成撵上去，一把揪住阿四的衣领，你这家伙搞什么鬼？是我请！谢谢！阿四掰开阿成的手，逃离，边走边说，嘿嘿，不敢……

晚上，阿成打开微信，吃了一惊，很多群不见了！很多微信好友，都把他拉黑了。他急忙打开阿四的微信，上面显示：你和阿四不是好友。他打阿四电话，不接，再打还是不接。

第二天刚上班，校长突然找阿成谈话。校长旁边还坐着两个副校长，绷着脸，一脸严肃。校长盯着他足足两分钟，盯得阿成怪不好意思的。校长亲切地说：成老师，你在这里有多长时间了？八年。阿成脱口而出。啊，这么长时间啦！早就应该提拔了。校长惊讶地说，看来我对你关心不够啊。阿成终于明白，同事对他怪怪的，原来他们早就得到了消息。阿成挺了挺腰杆，积聚在心里的不快，瞬间消失。阿成激动地说，谢谢领导栽培。那好，提拔你到旮旯小学任负责人。校长拍拍他的肩膀说，好好干，希望你不要让我失望。啊！领导，我，我不想……阿成挠挠头，心想，这不是故意打发我走吗？那个鸟不拉屎的地方，没有自来水，还经常停电。校长脸一绷说，这是组织决定的，不是儿戏。要服从组织安排，正好那里缺位子，机不可失呀。两个副校长也跟着附和。

为什么？为什么？没有任何人告诉他为什么，阿成想破脑壳也想不明白，自己究竟做错了什么。

这时，有个网名叫"秘密"的人，加他微信，他马上同意。要在以前，一个没名没姓的人，他是不会同意的。"秘密"发来消息：你为什么要把学校补课的事捅出来，难道你没分到钱？啊，原来是这样！阿成根本记不清，是不是前天喝多了……可我说的是实话，这是秃子头上的虱子——明摆着的。阿成想和他理论一下，可对方立马拉黑了他。

此后，阿成的手机不响了，信息不叫了，所有的人都绕着他走。阿成仿佛住在一座孤岛上。

走就走，阿成干脆搬到旮旯小学。抛掉烦恼，一心扑在工作上。

起先和同事朋友的联络依然不通，但之后慢慢就通了，而且越来越好。阿成仿佛又回到了当初。

有天晚上，阿成睡得很香。一觉醒来，阿成觉得这个校长干得还不错，大家都很支持，消失的群，丢掉的朋友，又回来了，而且越来越多，他真的不想再调走了。

（发表于2018年8月1日《芜湖日报》副刊）

我要清白

没想到赖子把我塞给他的钱,狠狠地扔在地上,颤抖着哭喊,你!还我,还我清白!

不还你清白,我就不是人!我拍着胸脯保证。

第二天逢集,菜市场,人声鼎沸。我拉着赖子的手,走到昨天我买鱼的地方,猛然抱起赖子,放在高高的柜台上,然后我纵身跃起,与赖子并肩而立,用特意准备的手提喇叭,放开喉咙喊:大家注意!大家注意啦!高八度的声音,吸引了所有人的眼球,压倒了一切声音。菜市场霎时安静下来:昨天,就在这个地方,我腰包的钱不见了!我怀疑身旁赖子(因为之前赖子在我屁股上擦了一下),不分青红皂白,就抢走赖子的钱……回到家才知道是老婆拿去打麻将的……对不起,赖子兄弟……我啪啪地抽着自己的嘴巴,又向赖子深深地鞠了一躬。

哈哈!你们搞什么鬼,是不是赖子收买了你?

赖子又在耍什么花招？

甭演戏了，你以为我们是傻子啊！哈哈哈……

瞬间的冷场后，菜市场仿佛从死亡中苏醒过来，尖叫声，怪笑声不断。大家七嘴八舌，冷嘲热讽……

赖子像一只受伤的刺猬，缩成一团，脸色惨白。我握紧喇叭，好几次，想砸死这些扯瞎话的家伙，可这些瞎话就像决堤的洪水，根本拦不住。我只能把自己的愤怒发泄到喇叭上，可怜的喇叭瘫在高台上，像扁柿子一样。

那夜，我睡不着，一张白纸似的脸，始终在我眼前晃来晃去，耳边灌满"还我清白，还我清白"的哭喊声。我辗转反侧，唉声叹气。突然我眼睛一亮，想到了网络，现在的网络神奇得很，能瞬间把你抬上天，也能转眼把你摔得粉碎……智能手机在农村不是普遍开花吗？嘻！我干吗不在微信、QQ上做做文章呢？

天一亮我就奔到村主任家，道明实情，好话说尽，请求帮助。村主任是我叔，挡不住我的软磨硬缠，终于一脸无奈地在我早已拟好的《关于还赖子清白的公告》上，签字盖章。

我拿着公告，立即复印很多份，迅速张贴在路口、商店、村部、学校等显眼位置，又拍下照片，发到当地论坛、微信群、QQ群里。

忙完这一切，我长吁了一口气。想到赖子的清白有救了，我美美地睡了一觉。

一觉醒来，打开网络，我大吃一惊，仅仅几个小时，回复就铺天盖地：鬼点子真多，呵呵，骗子升级了……去年那只鸡丢得不明不白……那只狗突然死在门口是不是……明明晒在门口的一件皮袄，不见了，肯定是……人们不断地变换着马甲，大肆谩骂诬陷赖子，句句能撕你的心，炸你的肺。我不忍卒读，气呼呼地关掉电脑，走出门。

那些牢牢粘贴在墙上的公告，被撕得满地乱飞，犹如秋风扫落叶。人们三五成群，簇拥在一起，叽叽喳喳，指指点点，见我过来，立马闭嘴。我双拳攥得咔嚓咔嚓响，真想一拳砸死这些人。

我扪心自问，你狠什么狠，不就是仗着自己人高马大？如果赖子比你高一头阔一膀，难道还会怕你？唉，赖子啊，你也太尿了，你当时干吗不和我拼命呢？

我看到，赖子肯定也看到了，我怕……想到这里，我赶紧往赖子家奔。

赖子家的破门紧闭，敲门不应，我急忙转到后窗往里窥望。室内阴暗，赖子跪在母亲遗像前哭诉：娘，您说得对，饿死不做贼……您半夜想吃鱼，我偷偷钻进河里张网……偏偏被人当场捉住。

我撞开门，抱起浑身抽搐的赖子：兄弟，对不起！是我害了你……

我对天发誓，活这么大，就干过这一次坏事，可为什么村里什么坏事都往我头上赖？论手艺，论学问，我比哪个差，为什么找不到事做?你说,你说!赖子擂着我的胸脯质问。

赖子走了,村里很平静,没有人关注他的去向,他的死活。只有我,只有赖子住了几十年的荒凉的茅屋,在寒风中呜呜地哭泣……

赖子,我的好兄弟,你在哪儿?过得还好吗?整整五年了,这件事,依然像一块石头压在我的心上,时时让我喘不过气来。

一天,我无意中点开一条信息,瞥了一眼,啊!是赖子兄弟,我一口气看完里面的文字和视频。原来赖子在德阿生态经济产业园里上班,混得很不错,这是四川省级产业园啊!赖子捐资助学有功,身披"四川好人"的绶带,胸佩红花,脸泛红光,站在高高的主席台上,台下掌声一片……

看到此,我哭笑不得,五味杂陈。

(发表于《嘉应文学》2019 年第 2 期)

精彩瞬间

天刚蒙蒙亮，贾校长就躲进校园，叽叽咕咕地背诵解说词，因为紧张害怕，结结巴巴。

贾校长万万没想到会抽查到他的学校，更想不到这个伟大而艰巨的任务会落到他的头上。

一辆辆大货车怒吼着开进了校园，满载着花草树木、体育器材……工人们干得热火朝天，保安也加入其中。校园里人来人往，进进出出。

一辆乌黑的轿车戛然停在校门口，引来了贾校长。局长叉着腰一本正经地说，你把我当作省检查组组长，领着我，从大门口开始汇报，路线要设计好。贾校长清了清嗓子，首先恭维几句检查组，接着介绍本校概况，我校有教师十八名，全是本科毕业。说到这里，贾校长脸上冒出豆大的汗珠。局长摆摆手说，怎么像蚊子哼？贾校长凑到局长耳边小声说，都是很老的代课教师，有

捉迷藏

的头发全白了，如果查出来……局长小声说，到时候，把他们全部换成年轻教师。和教师花名册不一致怎么办？不能改吗？规矩是死的，人是活的！贾校长继续汇报：教学设备先进，所有的教室都安装了"班班通"。说到这里，贾校长脸红到耳根，声音又像蚊子哼，局长问何故，贾校长苦笑了一下，指着班级说，哪有"班班通"啊？局长一挥手说，连夜安装！这时局长的手机响了，喂……什么，不肯给？一切以迎接检查为中心！局长环顾四周无人，小声说，检查一结束，"班班通"就还给你们，我说话算数！

汇报完毕，局长语重心长地说，据可靠情报，省检查组到一个学校最多三十分钟，主要听校长汇报，所以，汇报的艺术是关键！你要不停地讲，讲得生动，讲得自然，他们就没有时间细看。最后，局长板着脸严厉地说，我们把戏台搭好了，就看你的表演了。你要唱砸了，就算我放过你，政府也饶不了你！说得贾校长冷汗直流，毛发倒竖。

过了一会儿，副县长来了；又过了一会儿，县长来了，都把贾校长当作表演的猴子玩一遍。临走，都反复强调校长的汇报如何如何重要，然后钻进小车，扬长而去。

校长辛苦了，喝瓶水吧。贾校长感觉有人往他的手心塞进一瓶水，他忙到现在没吃没喝，嗓子直冒烟。贾校长头也没抬，拧开盖，一仰脖，喝个精光，然后充满感激地瞥了一眼递水的人，呀，原来是天一亮就在学校四处转悠捡破烂的老头！

老头没有走，问贾校长，校长大人，你们学校的老师怎么那么老呀？

贾校长白了他一眼。

这些老教师都是代课教师？

贾校长又白了他一眼，叹了一口气。

老头还想啰唆。

好了，你走吧，别烦我，说完埋着头叽叽咕咕。贾校长不敢多说，多说就要露破绽了。他是冒名顶替，临时应急的，因为原来的校长胆小怯场，不善言辞。

检查的日子转眼就到了。清早，两名交警全副武装，分立校门两旁，维持秩序；保安像棍子一样立着。贾校长早早地来到校门口，恭候检查组大驾光临。

来了，来了，一辆辆小车徐徐开到校门前停下。一阵寒风吹来，贾校长打了个寒噤。校门打开，贾校长不敢看检查组，低着头马上汇报。刚开始，因为过度紧张，有点上气不接下气。继续讲，大胆讲！局长跟在他的后面微笑着，不断鼓励。

渐渐地，贾校长进入状态。近几年，县政府加大投入农村薄弱学校。我校如雨后春笋，如芝麻开花。优秀青年教师，踊跃来到我校……局长在后面对随行的各级领导说，讲得真有文采，不愧是作家。贾校长的劲头更足，声音更加洪亮。检查组组长一声不吭，眉头皱得更紧。突然摆摆手，威严地说，好了，不用再说了，我要自己看看！

二十分钟不到，组长领着检查组一行，就走出了校门。贾校

捉迷藏

长送到门口，才敢抬起头。就在组长上车的一瞬间，他看到了组长的真容。

贾校长像触电一样，嘴张得老大，啊！这不是那多管闲事的老头吗？

书　殇

春暖花开的时节，李村的书屋竣工了。书屋很正规，很实用，李总很满意。

给老家建书屋，源于祖传的家训：子孙虽愚，诗书需读。李总固执地认为，老家几百年，不出人，是不读书惹的祸。

效果怎样？书屋建成不久，李总就挤出时间，迫不及待地赶回李村。

刚晚上九点，没想到书屋就关了门，黑灯瞎火，孤零零的。李总推开门，用手机电筒扫了扫，桌椅落满了灰尘，书架上的图书，还像原先那样，整整齐齐，挤得满满的，似乎无人问津。李总心灰意冷，沮丧地走出书屋。发现家家亮着灯火，是不是在家看书？李总想探个究竟，一家一家悄悄地看，要么打牌，要么看电视，要么玩手机……

李总长叹了一口气！

转念一想，读书习惯的养成，思想的转变，非一日之功，重在启蒙，重在培养，你做到了吗？没做到，有什么理由苛刻整日忙忙碌碌，识字不多的村民？

第二天，李总在村里摆了几桌酒，把所有在家的男女老少都请来了。

菜上齐了，酒斟满了，李总板着脸，一本正经地说："我公司酒店、工程方面要招人，每年工资三十万，你们想干吗？"

"想干！想干！"村民不约而同地说，声音很大。

"可是，可是你们会干吗？"李总一脸疑惑地望着大家。

"我会，我在酒店干过。"

"我会，我是瓦匠。"

李总说："你们会酒店管理？会看图纸？会工程管理？这在大学是一个专业，至少要学四年呢！"

"哼！高中都没上过，还大学，哪会？"村民一个个像泄了气的皮球，垂头丧气。

"谁出娘胎就会，可以拜师，我给你们请了师傅！"

"师傅在哪儿？"村民们陡然来了精神，齐声发问，东张西望。

"在这里！"李总手指书屋说，"这些书本就是你们的师傅，各行各业都有，只要你们学会了，本村优先聘用。"

"可我们看不懂怎么办？"

"可以请教师指导，费用我出。"

"真的?"

李总拍着胸脯保证:"谁骗你们,谁不是人!"

酒桌上,村民都很尽兴,觥筹交错,欢声笑语不断,大家纷纷向李总敬酒,纷纷向李总表态,一定好好读书,争取早日拿下三十万!

碰杯声响成一片,李总举杯相迎,一仰脖喝个精光,抹了抹嘴,豪爽地说:"书屋不上锁,全天候开放,一切费用全包!"

村民们赞不绝口,掌声一片。

不久,李总又举办了第一届读书心得征文比赛,获奖面大,奖金丰厚。

村民们踊跃参赛。

评委们通过初选、终选、投票、公示,最终筛选出前三名……

李总很忙,只看了前三名和有特色的几篇,非常感人,特别是李大爷,识字不多,说他在书屋看了不过瘾,还经常带书回家看……

李总开心极了,大手一挥说:"没有获奖的,都发鼓励奖,奖金不能少!"

身在北京,李总心系书屋:也许会掀起一股读书潮吧?李总很忙,一直想找机会回村了解情况。

一个冬天的晚上,李总回镇办完事,不顾疲劳,再次回村。

小车刚进村,就看到关不住的灯火,从书屋的窗户、门缝里

捉迷藏

顽强地挤了出来。透过窗帘的缝隙，李总看到书桌上围满了人。这么冷，这么晚，大家还在聚精会神地看书。李总深受感动。

李总不想进去，不想打扰他们，他只想悄悄地趴到门缝上，看一眼就走。没想到他的眼睛刚碰到门缝，嘴就张大了，差点失声惊叫。原来，一桌子的人正在干牌九。李总火冒三丈，热血沸腾，想冲进去把牌九扔掉，把书桌砸碎，无奈司机把他死死抱住……

李总泪流满面，悄然离开，转头发现李大爷家还亮着灯，眼睛一亮，悄悄走到李大爷家窗下，朝里张望，他看到李大爷正在狠心地撕着一本新书，一张张往墙壁上糊。

经查，所有的读书心得都是请人代笔的。

李总的心一下子跌到冰窖里。

回到家，李总心情不好，一杯接一杯地喝酒。上卫生间，却误进了书房，抬头看到书桌、书橱上落满了灰尘，有的地方还结了蜘蛛网……

李总一拍脑门："嘻！我自己都不……我发什么火，扯的什么淡？"

[发表于《小说月刊》2018年第9期，《小说选刊》2018年第11期转载，入选"改革开放40年安徽最具影响力的小小说40篇"，入选《2018年中国微型小说精选》，入选《2018年世界华语微型小说年度排行榜（100篇）》]

镜　子

　　张局很自信，但不肯照镜子，他坚信镜中的他不真实。张局常挂在嘴边的一句话是："别人的眼睛就是一面镜子！"

　　这话有个出处。

　　那天张局去足疗，美媚捏着他的脚柔柔地说："你的皮肤好白好嫩哟！"一句话把张局从迷糊中惊醒："你刚才怎么说的？"美媚摩挲着他的脚又重复着刚才的话。张局像打了鸡血似的倏地坐了起来，问："你猜我有多大？"美媚望了他一眼，脱口而出："三十四五岁。"张局说："你仔细看看。"美媚说："二十七八岁？"张局激动地说："你再仔细看看！"美媚说："二十四五岁，这回对吧？"张局微笑着摇了摇头，然后往靠椅上一躺，长长地吁了一口气，说："五十出头了。""五十出头？打死我也不相信。"美媚向他挤眉弄眼。

捉迷藏

张局浑身畅快极了。临走对美媚说:"我会记住你的号,下次来还找你!"美媚又向张局送了几个秋波。

那一夜,张局激动得一夜无眠。第二天一上班,张局就把单位最诚实的小石找来:"我看上去是不是比实际年龄小?"小石说:"这还用问,至少年轻十几岁。""真的?!""骗您是小狗!"小石指天发誓。张局还是不放心,又把自己最信任的小胡找来:"你看,我看上去是不是比实际年龄小?""那还用说,我俩站在一起,人家肯定认为我比您大。""真的吗?"张局颤声问。"不信,您问小石。"小石说:"一点不假!"

从那以后,张局信心高涨,开始注重打扮了,但不肯照镜子,他坚信镜中的他不真实。头发这样梳行不行?这件衣服怎么样?这双鞋适合吗?张局经常虚心向下属请教。当得到大家一致的肯定后,张局飘飘然。

一天,张局在酒桌上看到了好酒,眼都直了。张局别的不行,但对酒有研究,知道这是千年名酒,于是酒兴大发,一口接一口,一杯接一杯,像喝奶似的,不一会儿就喝多了,踉踉跄跄往洗手间走。迎面碰到一个人,他定睛一看,那人又老又丑,尖嘴猴腮,肿眼泡,大龅牙。张局见过丑人,但没见过这么丑的。张局扑哧笑了一声,那人也向他嗤笑一声,张局狠狠地瞪了那人一眼,那人也狠狠地瞪了他一眼。"你这丑八怪也配笑我,也敢瞪我!"张局气不打一处来,挥拳向那人鼻梁上击去,"砰"的一声,啊哟!张局失声惊叫,手上鲜血淋漓,疼得浑身颤抖……

原来,张局击打到了一面镜子上。

(发表于2015年10月20日《安庆日报》副刊,获2015年"红茅液杯"全国小小说征文比赛优秀奖)

这回是真的

头儿打来电话，对我大发雷霆，老牛，糊弄鬼啊，让你上报教师出勤表，要真的，真的！少用全勤打发我！

我吃了一惊，说，头儿，这是真的，真的！

头儿说，真个屁！我这有好几个学校报来的出勤表，就你的最假！重报！

头儿是不是吃错了药？是不是喝醉了酒？

上月临近尾声时，头儿突然要我报本月教师出勤表。我二话没说，马上 QQ 传给头儿。旋即对话框里冒出一行大大的充满怒气的红字，嘿嘿，比火箭还快呀？要真的！这就是真的！我迅速用大红字顶上去。头儿说，你把教师签到簿拍照发来，马上，一张不能少！我苦笑了一下，只得用手机仔细拍，一张一张传过去。片刻，头儿回复，请假的有请假条吗？我说有。头儿说发来，我立即照办。头儿又说，病假有病历单吗？我说有，头儿说发来，我照办。在医院瞧病有照片吗？这个？嘻嘻，头儿……我无奈地摇摇头，抓抓后脑勺说，还真没想起来这样做。头儿说，我就知道你没有！干工作怕就怕认真二字……现在不同以往，要上报区政府！

此后，我常常在大会小会上念紧箍咒。老师们也识趣。所以这个月，全体教师出满勤。没想到头儿……

牢骚归牢骚，也许统计有误呢？我赶紧叫来负责考勤的老师，我俩把教师签到簿左一遍，右一遍，右一遍，左一遍，反反复复犁了好几遍，的的确确找不出任何纰漏。

我拨通头儿电话，我挺直腰杆说，头儿，我反复核对，真的！真是真的！

头儿说，怎么可能都是全勤？当我是三岁小孩好糊弄？

我干了几十年校长，教师考勤我从未玩过假！青天在上，我向头儿赌咒发誓！

头儿口气缓和地说，你以为我没事干吃饱了撑的？不知哪个缺德鬼发到网上，说你们村小根本不考勤，教师想来就来，想走就走……区长发老火了。

我们是真刀真枪干的，我怕什么！

你甭嘴硬！我把丑话说到前头，出了事，你要负全责！

假的，你处分我！我把胸脯拍得怦怦响。

好！你马上把教师考勤记录簿，盖上校章，签上你名，亲自送来！

捉迷藏

头儿戴上老花眼镜,一页一页仔细查看,似乎不查出毛病决不罢休。果然,头儿的目光定格在第四页上,用食指重重地敲着问题质问我,你看,你看,这个人是七点零五分来的,为什么签在七点五十三分后面?我正要辩解,头儿把手一挥,粗暴地封住我的嘴说,我就不信你们比我还敬业爱岗?我是一天十二小时在岗,办公室就是我的家!我实在忍不住说,不信,你问问家长,问问学生。头儿狠狠剜了我一眼说,笑话!孩子在你们学校,家长能说?孩子敢说?那你问教师!教师?哼!哼!还不互相包庇,扯什么淡!

这又不信,那又不信,我心里躁得真想摔杯子,骂娘!但我还是把一股股怒气强行咽下去,忍了。

第二天,头儿送来了指纹考勤机。阿弥陀佛,谢天谢地,省得气出病来。可没几天,问题就出来了,而且越来越多。有的不习惯,经常忘记按;有的指纹浅,机子就是识别不了,蘸水按也不行。这个指纹机好像有意在捉弄人,你越着急它越不睬你,能让你气得吐血;况且,我们这里还经常停电。久而久之,考勤这一块就一塌糊涂了。

临近月末,我头都大了,我们实在搞不清考勤真相,怎么办?思来想去,只有编造。造假要造得像模像样。我们让极少人满勤,有的请事假,有的请病假,有的迟到或早退,等等。我战战兢兢地传给头儿,等待着头儿铺天盖地的训斥。

可出乎我的意料,停顿片刻,头儿回复:"这回是真的!"绿颜色，很大很醒目，同时还发来两个亲亲的表情。

头儿出事的消息，是我后来知道的。

据说，有人发现头儿的办公室结满厚厚的灰尘，是因为头儿不上班，经常在外喝酒赌钱。

我拍拍自己的脑袋，似乎想起来头儿办公室的窗帘确实是严严地遮起来的。不过我最近记忆力有点衰退，懒得管这些事了。

（发表于《浙江小小说》2018年第4期）

镇长的距离

还有八公里，王镇长装出上气不接下气的样子说。

一觉醒来，打开手机，吓了一跳，N个短信提醒通知，还没来得及看，电话就撵来了。一看名字，不接，第十三次拒绝！

紧接着手机又响了，是铁哥们儿打来的，不接不行，王镇长无奈地打开了手机。

老同学啊，你架子真大嘛！非要我亲自打，是不是我侄儿面子小？……特意安排在星期天，就是为了你……我什么我，快点，不见不散！

对着镜子，望着可怜的大鼓般凸起的肚子，王镇长蔫了，唉！吃了饼子，套了颈子，天下没有免费的午餐！

过了一会儿，手机又讨厌地响起。

到哪了？都到齐了，就差你！

还有八公里，王镇长没好气地说。

怎么还有八公里？在哪儿？发个定位，我派车接你。

哈哈哈！难道你车子长了翅膀？你知道今天是什么节日吗？三月三，赶庙会啊。你瞧，锣鼓队过来了，舞蹈队过来了，扭秧歌队也过来了，吹吹打打，乒乒乓乓，那腰肢啊比水蛇还要灵活，能把你魂儿吸走……咚咚咚，啊！两条长龙飞过来了，张牙舞爪……人们像潮水一样涌过来了，整条马路都挤满人了，真是人山人海啊……喂，喂，让一点，让一点，哪个睬你……

能快尽量快！对方说完立马挂断。

又过了一会儿，手机又催了。催魂啊，王镇长骂了一句，拿起手机。

到哪了？等急死了，老同学急促地问。

还有八公里，王镇长有气无力地说。

扯淡！怎么还有八公里？

唉，唉，今天热闹事真多，又碰到迎亲车队了，真有排场啊！你看看，全是豪华轿车，宝马，奔驰，别克，哇！还有法拉利！爆竹炸翻了天，围观的人把马路挤得水也洒不进去，车子根本过不了啦……你们先吃吧，不用等我了。

那怎么行，你是磨心子（方言，中心的意思），主要是请你。甭讲了，快点！

稍停片刻，手机又催了。到了吗？菜上桌了。

还有八公里，今天麻烦事真多，又碰到车祸了，两头车子堵得望不到尾……要不要发个图片给你看？估计一时半刻到不了啦，你们先吃吧……什么？还有多长时间通车？我也不清楚，警察封路了，正在处理，听说至少要五个小时吧……你们快吃吧，不然菜凉了，就不好吃了，代我向你侄儿致谢，就说我没吃，情也会领……

对方终于闭嘴了。

王镇长长长地吁了一口气，一骨碌从床上爬起来，大声说，老婆，上菜！

王镇长正大口大口地吃着自家种的土菜，电话又追来了，打开一看，又是他！王镇长挠挠头，苦着脸喃喃自语，晚上，晚上怎么办呢？

（发表于2018年8月26日《九江日报》长江文学小说荟副刊）

沉默的校舍

山洼乡有两所小学,两校校长一个姓甄,一个姓胡。

两校校长毕业于同一所师范学校,又一起分配到同样是破旧校舍,破旧桌椅,只有几个民办老师的学校。两个校长暗中摽着劲儿,都想做出点成绩快点跳出去。

那年暑假,大雨一场接着一场下,本就破旧的校舍更加糟烂。重建校舍已经是当务之急了。

在建校筹备联席会议上,乡长说,建校的钱可都是老百姓的血汗钱啊,好钢要用在刀刃上,一定要狠抓质量……

胡校长坐在乡长眼皮底下,笔下沙沙沙,态度很诚恳;甄校长托着腮,坐在拐角,默默倾听,努力记在心里。

甄校长来到了建材市场,建材老板的脸堆成了一朵花。敬烟,嘿嘿,不会,甄校长摆摆手;上茶,嘿嘿,免了,甄校长摇摇头。建材老板急了,一把拽住甄校长说:"走,甄校长,先喝酒，吃好喝好再买也不迟呀。"甄校长脖子一梗说："不！先买材料。"

甄校长带着几个老师，在一堆堆木料中左拣右挑。

老板趁他们不注意，把一些木料塞到车上。

装好了车，甄校长拿着皮尺，一根一根测量。他牢记乡长的话，做主梁的木料，小头直径不能小于十厘米；做椽子的木料，小头直径不能小于六厘米，凡是不合标准的统统卸下。

建材老板嘴都气歪了，再也不说吃饭请酒的事了。甄校长带着教师到路边小面馆，匆匆吃了碗面条，又去挑砖看瓦。建校要舍得请师傅，木工师傅，瓦工师傅，水电师傅。领导、朋友、同事、亲戚纷纷找上门，向甄校长推荐人。甄校长清楚谁技术高，谁技术孬，技术不行，天王老子想承包也白搭。

劳累了一天的甄校长，晚上还要到工地上看材料。有时老婆嘀咕，一分钱不补，还要我送吃喝。甄校长说，老百姓都纷纷捐款，我们自己给自己做屋，还好意思要补助？一句话堵住了老婆的嘴。

胡校长就好说话，村主任找到他，说让自己的儿子承包工程，胡校长点头同意。学校在村里，县官不如现管，强龙难压地头蛇嘛。村主任的儿子召集一帮人就开工了。胡校长什么事也不管。吃吃喝喝，胡校长舍得花。两所学校的工程进度也差不多，红砖蓝瓦白墙的校舍矗立起来了，从外表看，没有任何区别。

甄校长，胡校长，在新建的校舍里，又送走了几届的学生。

这时，甄校长的校舍依然完好如初，胡校长的校舍却开始出现状况了。教室墙壁开裂掉皮，有一间教室墙体歪斜还出现裂缝。又快到雨季，乡长坐不住了，教育局局长也坐不住了，三天两头赶来察看。

教育局局长指着胡校长严厉地说："你给我盯好了学生，不能让学生靠近危房，局里会尽快拨款修建。在这段时间，出事你要负全责！"

还是出事了。二年级的几个学生，玩得尽兴，又聚到了危墙角下。胡校长发现了，跑过去训斥他们快离开，一个学生还在磨蹭，危墙咔嚓倒了。胡校长疾步扑过去，把学生推出墙角，危墙倒塌，砸断了胡校长的双腿。

胡校长舍命救学生的壮举，大报小报纷纷报道，市电视台都来采访胡校长。胡校长伤愈后，调入了县教育局工作。临行前，胡校长来与甄校长告辞，甄校长和胡校长在校舍前合影留念。

十年后，胡校长当上了教育局局长。一次，胡校长下乡遇上大雨，心血来潮，突然跑到甄校长的学校看望他。两人在校门口乍见，四目相对，一时无语。

一排排校舍，沉默不语，教室里传来孩子们朗朗的读书声。

又过了十个冬去春来，甄校长还在瓦房坚守，做校长。专心教学，静心写作。胡校长却因为贪污受贿、玩忽职守进了监狱。

胡校长刑满释放，又一次来到甄校长的学校，两人在校门口相遇，四目相对，依然无语。

一排排校舍，完好地矗立着，教室里传来孩子们朗朗的读书声。

（发表于《中国乡村》2018 年第 2 期）

捉迷藏

角　度

　　晓强名牌大学毕业后考进一家不错的单位，踌躇满志。但时间不长，晓强就发现同事们有很多问题，经常人前背后冷嘲热讽，这个思想有问题，那个精神支柱倒了……搞得自己成了孤家寡人，没有人搭理。在百无聊赖中，晓强只好打电话向父亲倒苦水，父亲耐心地听完他的倾诉，说：“你还是回老家来混几天吧。”沉吟了半晌又说，"第一次回家，你一定要拜见你的舅舅、姑姑、姨娘，小时候他们待你多好啊！"晓强说是。

　　晓强首先拜见舅舅。舅舅很高兴，杀鸡宰鹅，摆了满满一桌，还请了几个能喝会劝的酒将作陪。晓强多次说不善饮酒，舅舅绷着脸说："你不要作假，要玩到外婆家玩，要吃到舅舅家吃嘛，我知道你好这一口……"晓强哭笑不得。在舅舅的鼓动下，众人使出浑身解数，反复劝酒，说什么"感情深，一口闷""喝酒欺骗人，事事欺骗人"等，不容晓强不喝，直至喝趴在桌上，呕吐不止，才告一段落……

第二天晓强拜见姑姑。姑姑很热情，马上请来了牌友，要让侄子好好过一把牌瘾。匆匆吃完饭，就把内侄往牌桌上拖。晓强不肯上桌连说不会，姑姑笑着说："现在谁不会打牌呢，不要谦虚……"不容分说，硬把晓强按到桌上不让动。好意难却，晓强只得咬牙坚持。姑姑在一旁观战，一直鏖战到天黑，方才罢休……

第三天晓强拜见姨娘。姨娘喜出望外，马上约了一帮歌友，饭没吃完就拖着外甥到舞厅K歌。晓强说："我嗓子不好，嘴一张能吓跑大牯牛。"姨娘笑着说："你甭谦虚，谦虚过分就是骄傲！我知道你喜欢K歌。"晓强只好跟着姨娘来到歌厅。唱歌时，姨娘还一个劲鼓动晓强唱，喝彩、鼓掌不断，搞得晓强像个明星似的，一首接着一首，直唱得晓强喉咙快要冒烟也不罢休……

临别时，父亲将小强送到路口。一路上，父亲问晓强："这三天玩得开心吗？感受如何？"

晓强苦着脸说："浑身难受，如坐针毡，时刻想着逃走啊！"

父亲嘿嘿一笑说："你舅舅他们知道你难受吗？"

晓强想了想说："应该有所察觉吧。"

父亲摇摇头说："不，他们认为你玩得很开心！"

晓强有点摸不着头脑，不知何故。

父亲说："你舅舅喜欢喝酒，就劝你喝酒；你姑姑喜欢打牌，就拖你打牌；你姨娘喜欢唱歌，就拉你唱歌。他们喜欢的事情就认为别人喜欢!"

晓强"哦"了一声,似有所悟。

父亲严肃地说:"我让你拜见他们,就是刻意让你亲身体验一下。"笑了笑又说,"今后,你还会这样待人吗?"

晓强摇了摇头说:"肯定不会,我会换个角度待人。"

父亲满意地笑了。

回到单位,晓强的一举一动都有了极大变化。渐渐地,大家对晓强有了好感,接纳了他。最终,晓强和同事融为一体,打成一片。

某年,晓强还被大家一致推举为工会主席,这是后话。

(发表于2016年5月9日《安庆日报》文艺副刊)

祖传秘方

牛四老鹅汤饭店，远离闹市，厨师一般。可牛四的老鹅汤特别香，特别鲜，食之回味无穷，香飘大江南北。每天门庭若市，食客满堂，如不事先预定，很难找到席位。

老鹅汤味道好，得益于牛四的祖传秘方。牛四整天穿着宫廷古装，从不下厨，守在密室里。厨师把洗净的老鹅放在高压锅里，放上清水和作料，封好盖，由服务员从前门端入密室，牛四亲手按秘方烹制，再由服务员从密室后门端出，交给厨师放火炉上炖。

牛四的老鹅汤是江城名吃，妇孺皆知。有人不远千里赶来，就是为了喝一口老鹅汤。只要喝一回，你肯定会再来，就像吸鸦片一样上瘾。

牛四老鹅汤秘方，是祖上单传的。祖上规定，此方只传长不传幼，只传男不传女。牛四的祖上是御膳房大厨。

俗话说，"赚钱的生意不长久"。这话有一定的道理。有的饭店眼红了，打出"正宗老鹅汤"招牌，有的干脆拦在牛四的门前开起老鹅汤饭店，但最终均偃旗息鼓，因为没有秘方。有人散布谣言，说秘方就是鸦片，可卫生部门多次突击来此化验鹅汤，一无所获。

没有办法，只有来偷。有的假装食客，有的假装应聘厨师或者服务员，但醉翁之意不在酒。可惜没有钥匙，进不了密室。密室的钥匙只有牛四一人拥有，套在手腕上，连睡觉洗澡也不摘下。

有人出高价买牛四的秘方，牛四嘿嘿一笑说："祖上单传的东西能卖吗？出再高的价也不卖！"来人只好抱憾而归。

一天早上，牛四发现密室门锁被撬开了，里面翻得一团糟，看着几个打不开的保险箱孤零零躺在地上，牛四嘿嘿一笑。因为保险箱的密码，只有牛四知道。

又一天早上，牛四发现密室门锁被撬开了，连保险箱也被打开，看来是碰到开锁高手了，牛四的老婆桂花大惊失色："这下完了！"可牛四又是嘿嘿一笑，只见他不慌不忙地打开一面夹墙，里面露出好几个保险箱，牛四哈哈大笑说："道高一尺，魔高一丈，狡兔还有三窟嘛。"桂花破涕为笑。

世上难有称心之人，正在生意如日中天之时，牛四得了绝症。临终之前，牛四望着牙牙学语的儿子和比自己小得多的桂花，直叹气。牛四把桂花叫到密室，揭开那些藏着的保险箱，对桂花说："不是有人一直在寻找秘方吗？我现在就告诉你。"牛四指着一个个保险箱，口授密码，叫桂花打开，桂花打开一个，箱里空空，又打开一个，箱里还是空空，桂花惊叫："秘方！秘方被人偷走了？"牛四说："继续开箱吧。"桂花把所有的保险箱都打开，都是空空的，一无所有。桂花满脸疑惑地盯着牛四："秘方呢？秘方在哪？"牛四说："难道……你没看出门道？"桂花摇摇头。牛四冷冷地说："没有秘方！""没有秘方，老鹅汤怎么又香，又鲜，又嫩呢？"桂花不解地问。牛四嘿嘿一笑："知道我为什么在青山溪水旁开店吗？"桂花摇摇头。牛四说："我的老鹅都是放养的，呼吸的是新鲜空气，吃的是野草甜果，喝的是清澈无比的溪水。老鹅长到六七成，才开始宰杀做汤。太老的不要，太小的不要，纯天然，无污染，味道能不好吗？""噢！可这跟秘方有什么关系呢？"桂花问。牛四绷着脸吃力地说："没有秘方，生意就不会长久兴旺；没有秘方，老鹅汤就不会成为江城名吃。你……慢慢悟吧。"说完牛四闭上了眼睛。

牛四死后，桂花继续开店，但与牛四不同，桂花抛弃了秘方的传说，只一门心思在老鹅汤的色香味上狠下功夫，可江城人口口相传，说牛四儿子尚小，牛四至死也没有把秘方传给女人桂花。人人悲叹从此吃不到正宗老鹅汤了！于是生意萧条，无论桂花怎么努力，店铺最终还是倒闭了。

桂花似乎明白了什么，她换了一个地方，隐姓埋名，另起炉灶，生意又兴旺如初。

捉迷藏

习　惯

快近晌午了，老王望望老李，老李望望老王，老王的手机哑了，老李的手机也哑了，连他们的爱犬雪儿也不习惯了，汪汪地叫。

老王说："下馆子吧，不等了。"

老李说："行！"

老王说："听说郊外有一家饭馆开张了，名字叫'怀旧'。"

老李眼睛一亮："怀旧好，怀旧有意思。远离市区，我不想碰到熟人，就到怀旧饭馆去！"

雪儿"汪汪"地叫了一声，表示同意。

在位时，老王和老李一到吃饭就犯愁。电话响个不停，有的还派车来接，有的前几天就预约了。到哪吃，跟谁吃，实在拿不定主意。吃饭成了大问题，令夫妻俩头疼。

可是现在退下来了，吃饭又成了大问题。老两口只会吃，不会烧。也难怪，在位十几年，他们从来就没烧过饭，也没在家吃过饭。

老两口带着雪儿打的来到怀旧饭馆，以前无论谁请吃，都没落下雪儿。

老两口和雪儿，各坐一方。桌子不大，很温馨。

"王局，请!"

"李局，请!"

老两口很开心，你敬我一杯，我敬你一杯，碰杯声很响，雪儿汪汪地叫着，他们吃一口，就给雪儿吃一口。

老两口脸泛红光，热情洋溢，谈笑风生，唠叨着过去发生的趣事，仿佛又回到了从前那风光热烈的场面：轮番敬酒，碰杯声，谈笑声，响成一片……

酒足饭饱，老爷子抬腿就走，老伴抱着雪儿紧随其后。

"老人家，请结账。"

"老人家，结账!"

服务员连喊两声。

老两口好像没听见，继续往前走。

服务员把柜台啪地一拍，说："停下！站住!"

他们还是没反应，只顾往前走。

服务员不得不跑出柜台，一把揪住老王："跑什么跑，账没结，聋子啊!"

噢！老王恍然大悟："实在对不起，以前吃饭后都是别人付账的……"

转头冲老伴发火："你干吗不付钱!"

捉迷藏

老伴抓抓头,说:"我,我,我也和你一样啊!实在没有这个习惯。"

雪儿也不习惯,"汪汪"地叫着。

(发表于《小小说大世界》2013年第12期)

丢失的手表

虽然三十多年过去了,但一想起这件事,我就想抽自己的嘴巴。

那年冬天的一个下午,屋外舞着雪花,我正缩在火炉边烤火,大门"哐当"一声开了,邻村的菜瓜披着雪花卷着寒气跨进门,不容分说拖起我就走:"丝瓜老弟,喝酒去,我搞到一条狗腿,你瘦子怕冷,正好一起吃啊。"

一踏进菜瓜家的大门,就飘来一股狗肉的香味,让我直流口水。菜瓜夫妻俩很热情,又是倒酒又是夹菜,我们边吃边谈。我故意撸起袖子,露出刚买的手表看了看:"啊,八点啦。"

"哇,上海牌!"菜瓜的女人摸了一下手表,眼睛发亮,"很贵吧?"

"一百二十元啦!"我得意地说。当时月工资一般只有三十元左右。

菜瓜夫妻俩轮番敬酒，你来我往，不知不觉我就喝多了，菜瓜喝得也不少。

喝完酒，菜瓜执意要送我回家，我不让，菜瓜偏要送，我拗不过他。

我回家一觉睡到天亮，抬手看看手表，手表不见了，我慌忙爬起来，把棉被、棉裤、棉袄捏了个遍，没有。

我一阵风似的奔到菜瓜家门口，不容置疑地说："我的手表丢在你家了！"

菜瓜夫妻俩大惊，马上屋内屋外到处找，没有。

"手表你当时还摸了。"我指着菜瓜的女人说。

菜瓜的女人脸唰一下就红了，菜瓜的脸也白了。

回到家，老婆没完没了地数落我是一个"败家的命"，我抱着头一言不发。

第五天中午，菜瓜跑来了，老远就扬着银光闪闪的手表："找到了，终于找到了！"我和老婆喜不自禁。

这年春节大扫除，我清理房间里的垃圾，搬床时听到有金属落地的声音，我低头往下一看，原来从床和墙的夹缝里掉下来的正是我的手表，我心里一颤……

我心里又一热，拿起手表就往菜瓜家跑去……

（发表于《精短小说》2013年第10期，《绝妙小小说》2013年第10期转载）

雪 夜

雪花飞舞，寒风在破窗缝里怪叫。老宋蜷在被窝里像一只大死虾，百无聊赖中，他看见自己和几个麻友，围着一盆炭火，白天黑夜地搓，红票子飞来飞去，往腰里塞……

突然，一阵急促的手机铃声打断了他的美梦。

"老宋，打牌，快点！"

"不干，太冷！"握手机的手在抖。

"咦，你还怕冷？当年你热得烫手呀。"麻友哈哈大笑，"有空调，呵呵，让你全身热个够。"

"久赌神仙输，最终输在头子上。"老宋瞅瞅冷冷的四壁。

"哟哟，你老宋还怕打头子，说出去不怕笑掉牙？老板说，不抽头（指赌场主人从赢家所得中抽取一定数额的利钱），只要陪他玩。"

"我在乎钱？老子不是好赌，撒下来的钱够你全家花一生！"

"快点,甭吹牛,老板等不及了。都是肥鳖,又是生手,你准能赢。"

"真的,生手?"老宋眼睛一亮,忽然又蔫了。

"骗你不是东西,这可是翻本的好机会。"

"唉——"老宋输惨了,诊所倒了,房子卖了,还欠了一屁股债。

"叹什么气,没钱我借你,随便哪天还都行。"

"唉!我——"

"我什么我!婆婆妈妈的还像个男人?"麻友的声音炸耳朵,"再不来没你份!"

"我不在穿吗?"

老宋一骨碌爬起来,裤子还没系好就往小店奔。外面寒风刺骨,但老宋心里像一团火在烧。

小店黑灯瞎火,大门紧闭。老宋把店门拍得山响,鬼也不答,只有丝丝的雪花直往身上钻。

老宋急拨手机:"在哪儿?到底在哪儿?"

"哈哈,哈哈,手伸来!拿刀来!"

老宋一愣一悟,就破口大骂:"不是东西!"原来,老宋当众发过誓,再干就剁手。

"哈哈……我本来就不是东西。"麻友又说,"甭怪我,是张院长让我试你的,他知道你医术高,想聘你,可你什么都好就是戒不了——"

老宋就想掼手机,也只能掼手机。

雪花飞舞,寒风刺骨。老宋像中了弹似的,蹒跚着朝那间破败的老屋走去……

(发表于 2012 年 3 月 31 日《大江晚报》副刊)

捉迷藏

寻找刘卫娣

寻找刘卫娣的念头在我脑海里上蹿下跳，我的目光一遍遍在芜湖新文化网和人文网上碾来滚去。

刘卫娣，芜湖人，在公交驾驶员岗位上热情服务广大乘客几十年，被员工和广大乘客亲切地称为"刘三姐"。她先后在市、省、全国荣获各种荣誉称号，是全国公交系统先进个人、省劳动模范、省三八红旗手、省人大代表，所在车组被中华全国总工会授予"工人先锋号"荣誉称号……

现在炒作的事情多了去了，"耳听为虚，眼见为实"，我要亲自会会她。

我起了个大早，故意打扮成老农的样子。

一辆干净整洁的公交车缓缓驶进站台，我发现驾驶员是一位中年女人，该不会她就是刘卫娣？

我掏遍腰包，没找到一个硬币，连毛票也没有一张。我握着百元红票不知所措。女司机微笑着说："老人家，下次记住，出门要多带点硬币哟。"说完她从自己的身上掏出两枚硬币塞进投币箱。我感激地说："谢谢您，您肯定是刘卫娣！"女司机笑着说："我哪是刘卫娣啊，我比刘三姐差远了！"

车厢里面很拥挤，我只好抓紧车顶扶手站着。

"爷爷，您坐。"我身边一位学生模样的大男孩说着就离开了座位。我向他投去了感激的目光，连声说："谢谢，谢谢！"

"你认识刘卫娣吗？"我问。

"不认识，但是知道她的事迹，我们学校的学生还自主开展了'学习刘卫娣'的活动呢。"大男孩微笑着说。

车内窗明椅净，空气清新，所有乘客看起来都是那么和气，我的心瞬间有了幸福感。

在一个十字路口，我下了车。正要过斑马线，忽然听到一个亲切的声音："爷爷，这是红灯，绿灯再走，谢谢！"我抬起头，一名青年志愿者身披绶带，舞着小黄旗，打着手势指挥着过往行人。我驻足说："谢谢提醒，你一定认识刘卫娣吧？"青年说："知道她，但是没见过，她的精神值得我们学习。"

青年搀扶着我走过斑马线，边走边向我讲解交通安全知识。

我的眼睛湿润了。

这一天，我换乘了很多辆公交车，走过许多街道，都没找到刘卫娣，又仿佛找到了刘卫娣。因为我分明看到了刘卫娣的精神，像无数的星星闪现在各行各业的普通人身上，我想也许每个人都能成为刘卫娣，为什么不呢？

（发表于2014年9月13日《芜湖日报》副刊，同年在芜湖市委宣传部举办的征文比赛中荣获优秀奖）

黑　影

　　赌气打完麻将,已是深夜,推着自行车出门,外面漆黑一片。

　　他后悔不该打麻将,思想老是开小差,能不输吗?本来想借打麻将浇愁,没想到越浇越愁。

　　最近,他老是觉得妻子有"情况",只要她一出门,他就问个不停:到哪儿跳舞?到哪儿赴宴?哪些人?男的女的?有时还像黑影一样尾随其后,可就是没发现"情况",他不相信没有"情况",于是审问成了家常便饭。妻子实在忍受不了,终于砸碎了碗,摔门回了娘家。

　　经过一大片稻田,车子忽然骑不动了,越来越沉,好像后面拖着什么东西,回头一望,模模糊糊的,什么也看不见。这时一阵风吹来,稻田沙沙有声。黑影幢幢,似有无数小鬼在匆匆走动。他使劲蹬着脚踏板,车子仍蜗牛般爬行,比上陡坡还难。

只好下车推，可推也推不动，他用劲一推，后面用力一拽，似乎在和他较劲。噢！他猛然想起，从前有个女人就在离这儿不远的水塘投水自尽的，这里好像是女人停尸的地方。他想肯定是这个女鬼拉着他的车子不放。他心里擂起鼓来，咚咚直跳，浑身打着冷战。

听说那个女人实在受不了男人的疑神疑鬼，才……

他不敢想，赶紧扛起自行车奋力前行。咚咚，咚咚，后面女鬼像在紧跟，他加快脚步，身后的响声更大，跟得更紧，他险些栽到水塘里。

扛了一段路，发现前方有灯光，他来了精神，朝着光亮走去。走近灯光，他放下沉重的自行车，对着灯光仔细看，原来后车轮卷进了一根富有韧性的小枝条。

他拔下树枝，若有所悟。

他没有回家，而是朝着妻子的娘家骑去，就是磕头打滚也要请回妻子，他要当面向妻子认错：她没有鬼，是他心里生了鬼。

（发表于 2014 年 11 月 30 日《大江晚报》副刊，《民间故事选刊》2015 年第 9 期转载）

对　手

手机响了，一看是他，我没接。

一会儿，手机又响了，一看，又是他，我仍没接！

我知道这家伙没安好心，狗嘴里吐不出象牙！

手机铃声急促地响着，声声刺耳。

余仁是我的同桌，成绩不如我。平时，我从未正眼看他，总是奚落他，还给他起了个外号"愚儿"。可他不在乎，经常嬉皮笑脸地向我请教。"啊呀，这么简单，我看一眼就会，真笨！"人越多我的声音越大。每次讲解完，我总要嘲笑几句。

分数出来了，竟然不如他，我分明看到他在怪笑。

我拿起父亲早已为我考取大学准备庆贺的红茅液，猛灌了几口。

过了一会儿，手机又响了，是陌生号码："天才！绝顶天才啊，还不如我，哈哈哈……"这家伙的话像一根根钢针刺在我的心上。我气得关掉手机。

捉迷藏

我要复读，非名校不上，我一定要超过他！

在复读班，这家伙还经常打电话骚扰我："大才子！甭学了，再干也不如我，哈哈！"

我咬着牙说："愚儿，你等着瞧！"

功夫不负有心人，我终于考取了北大。我拿着录取通知书奔到他家，想当面羞辱他。

我刚走到他家窗口，就听到他妈在高声训他："北大啊，到底比你强吧，你还臭他？……同桌啊！"余仁说："妈，你不懂，他的确是个天才，但他自大轻狂，只有使劲臭他，他才肯下功夫……他需要一个对手啊！"

我呆在那里……

（发表于 2014 年 10 月 11 日《芜湖日报》副刊。获 2013 年"红茅液杯"全国闪小说征文比赛优秀奖）

回　归

强总要回来了,村里欢呼雀跃,像过年似的。

村口挤满了男男女女、老老少少,路边一字儿摆着灯笼似的大红礼炮,一直排到村里,只等强总的宝马车队一到,就点火。

可是等了好长时间,强总的宝马车队还没出现,只有一辆旧三轮车从他们面前开过,村人看都没看,很扫兴。

路灯在点头,绿松在恭候,水泥路敞开了怀抱,这些都是强总出资的,连电费都包了。三十年了,强总却一直没有回来过。难道这次又在骗人?

少顷,有人打来电话,说强总进村了。什么呀!难道坐直升机来的?人们潮水般涌回村里。强总人呢?人们奔向村里,东张西望。只见一位六十多岁的老头,穿着旧中山装,背着手,在村里那座孤独的老房子边徘徊。

"南瓜!"村里的一位白胡子老头一惊,有人在喊他的小名,很亲切。白胡子瞅了瞅，大喊一声："葫芦!"葫芦是强总的小名。

南瓜、葫芦从小在一块塘灰中滚大。

白胡子放下土筐，紧紧地抱着老头，老泪纵横。村人把他俩围得水泄不通。

"总算把你盼回来了，你身家可是十几个亿呀，为何这身打扮呢？"

强总昂起头，说："三十年前，我就是穿着这套中山装，背着土筐走出村里的。"

（发表于2015年4月21日《芜湖日报》副刊，入选《2017年当代中国闪小说精选》）

寻 根

一天，一辆崭新的宝马车突然驶进龙王村，车上跳下一位西装革履扎马尾辫的男青年，只见他脖子上挂着一台照相机，手里还提着一个望远镜，四处张望，好像在寻找什么。村里人好奇地拥了上来。

"你是？"一个长者问年轻人。

"我是来寻根的。"年轻人说。

"那你贵姓？"

"免贵姓王。"

"你的爷爷好像在美国？"

"是呀！"年轻人点点头。

长者说："你爷爷和我爷爷从小是一块长大的，可好了。"

"是吗？"年轻人觉得很奇怪。

又一个人走过来："你外婆跟我家是远房亲戚。按理说我家的那个亲戚还是你外婆的长辈呢。"

一个人挤进来激动地说:"我们都盼着你回来啊!我们都是同祖同宗啊!我是你的兄弟啊!"

年轻人似乎有些迷糊。

村人争先恐后地要拉年轻人到自己家吃饭。

年轻人说他想到山上看看。

山上有什么好看的呢?

年轻人说:"我是来找树根的,我是一个根雕艺术家。"

村人作鸟兽散。

(发表于 2012 年 4 月 14 日《大江晚报》副刊,《绝妙小说》2014 年第 1 期转载,入选《当代中国闪小说精华选粹》)

爸是个宝

清晨,老牛打了个喷嚏,咳了两声——女婿闻声急忙从卧室里小跑过来,膝盖都被床角撞青了:"老爸,您感冒了吧?"

看着语气慌张还光着上身的女婿,老牛摆了摆手:"不碍事,不碍事,你该干啥干啥去吧!"

女婿不依不饶:"感冒不是病,不治要人命。"说着利利索索地帮老牛穿好衣服,梳好头,饭也没吃就背着老牛打了一辆的,准备赶往市医院。

老牛非要到卫生所看一下。女婿一脸认真,斩钉截铁地说:"不能马虎啊,去年老李经常胃疼,一疼就到卫生所开点药吃,拖到最后,到大医院一查,胃癌晚期……"

老牛不吱声了。

女婿特意挂了专家门诊。直到专家说老牛的身体没问题时,女婿才长长地松了一口气。

打的回家，女婿小心翼翼地把老牛抱到床上后，先倒了一杯蜂蜜水端到床前，又削了个苹果，再切成小片，然后一片片插上牙签，又煮了两个土鸡蛋，剥了壳，放在一个托盘里端到老牛面前……

伺候完老牛，女婿回了房间。老婆笑了："行啊，对我爸够上心。"

女婿无奈地说："一呢，这是你爸；二呢，伺候老人是责任；三呢……"

老婆嘴一撇："你拉倒吧，三什么呀，你为什么要卖猪？"

女婿笑了："把猪卖了，专心伺候咱爸吧。"

老婆扇了女婿一小耳光："因为我爸又涨工资了吧？"

女婿笑了笑，小声道："爸真是咱家的宝啊，一个人的退休金比养一年猪的利润都高啊！"

（发表于《小说月刊》2017年第1期，入选《2017年中国寓言闪小说精选》。获《小说月刊》杂志首届闪小说"友谊赛"优秀奖）

难开的门

对门住着老夫妻俩，以小店为生。我除了买东西，很少串门。

一天上午八点钟左右，我正在吃饭，老两口的责骂声把我揪了出来。老奶奶骂骂咧咧，老头使劲撞门，原来房门的钥匙锁在屋里了。我走过去分开老两口，推推门，望了望木门上的摇头窗，说："别急，我来想想办法。"

我踮起脚尖，伸长手臂，用力推开摇头窗。再搓搓手，憋了一口气，抓紧门框，两手硬撑着把头伸进去，两脚倒挂金钩，一伸手打开暗锁，门开了。

老奶奶咧着嘴笑，老头硬拉我进屋坐坐，又倒茶又递烟。我连忙摆手说："隔壁邻居嘛，甭客气。"闲谈中，老头说小店生意不好，只能勉强填饱肚子，要是有人赊账，贩货钱都没有。说着还直叹气。我安慰他几句后说："如果实在没钱贩货，你说一下，

捉迷藏

我有多少就借多少,邻居嘛。"

  第二天深夜,我听到小店传来叮咣的声音,以为有人在抢劫,我一骨碌爬起来,抄起一根木棍,奔到小店门口。店门紧闭,声音是从里面传出来的。老头边钉门边小声说:"以后贩货,我一个人去,你要寸步不离,你屙屎撒尿就拉在痰盂里,等我回来再倒。对门的腿长手也长……"

  我一抬头,摇头窗用一块厚板钉得死死的。

  (发表于《四川文学》2014年第3期,入选《当代中国精品闪小说》)

爷爷脚崴了

放学回家,慧发现爷爷躺在床上小声哼哼,脚脖子上缠着绷带,床边靠着拐杖。慧的眼泪就下来了:"爷爷,你怎么了?"

"没事,爷爷脚崴了,医生说有一段时间不能走动了,这家务怎么办呢?"爷爷愁眉苦脸。

望着冷锅冷灶,想到平时自己踢倒油瓶都不扶,吃完饭嘴一抹就走……慧的泪流得更凶了。

"爷爷,你饿了吧?我给你去买吃的。"慧征询地看着爷爷。

"不行!难道天天买着吃吗?"爷爷摇着头。

"你也不小了,要学会独立生活,不能老是依赖别人……你看隔壁小芹,比你小,什么家务不会做?"说着爷爷拄着拐杖,踱到灶台边。

爷爷手把手教她,淘米、洗菜、炒菜……锅里放多少水,菜里搁多少盐,事无巨细。

只一会儿工夫,在爷爷的精心指导下,一桌饭菜就做好了,虽然不怎么可口,但爷爷还连连夸赞:"好吃,好香!比我小时候做的饭强多了。"

慧开心地笑了。

慧每天都坚持洗衣做饭,操持家务,里里外外拾掇得干干净净,井井有条……爷爷有时想帮帮她,慧看见了,总是抢在前头说:"我来,我来,你还是歇歇吧。"爷爷看在眼里甜在心里。

邻里都夸慧孝顺、能干,慧的心里也甜滋滋的。

一天,慧对爷爷说:"我下学期就升入初中了,要住校,我带爷爷一块去上学吧。"

爷爷开心地笑了:"你学会了独立,爷爷的脚伤就好了。你看看,我现在什么事也没有了!"

(发表于《小小说大世界》2013年第12期)

病　鞋

郝二跨进门，故意跺跺脚，引来了妻子的目光。

妻子瞅了瞅，问："这鞋肯定很贵，你买来的?"

郝二笑了笑说："老天白送的，在十字路口捡的。"

女人就笑了："这鞋真行，能装装门面。"郝二又笑了。

郝二走在路上，引来不少赞叹的目光；走进单位，"太阳从西边出呀，郝二买这么好的鞋，在哪买的?"

郝二直笑，什么也没说。

可是，没过几天，郝二就感到脚有点痒，用手抓，可越抓越痒，逐渐加重，痒得钻心。拼命抓，银屑乱飞，接着暴皮，起水泡。昼夜不眠。

实在忍不住了，就去看医生。医生说是脚癣。郝二问："怎么得的呢?"

医生说是真菌感染的。

捉迷藏

郝二说:"可我从来没在外面洗过澡,家里没哪个有这毛病呀?"

医生说:"可能你穿过有脚癣人的袜子或鞋子。"郝二咽了口唾沫,不作声了。

郝二垂着头往家走,一进门就把鞋脱了下来,拿来皮鞋刷,涂上黑油,反复擦,擦得雪亮,像新买的一样,然后用透明膜包好。

天快黑了,郝二又走到十字路口,瞅瞅四下没人,把鞋子放下。

郝二躲在暗处,盯住十字路口,终于有个黑影弯下腰捡走了。郝二悬着的心才落了地,一路哼着小曲往家走,心里比喝了蜜还甜。

刚跨进家门,妻子就朝他嚷:"你瞧,你瞧,我给你买了双鞋!"妻子指着香案说。郝二高兴极了,正好没鞋,马上穿在脚上。

几天后,郝二感觉脚比以前更痒了,就问妻子:"你这鞋是从哪儿买的?"

妻子嘿嘿一笑,说:"街上捡的。"

郝二怒了,说:"真是有病!"

妻子不干了:"谁有病?你说!"

郝二说:"都有病!"

(发表于《小说月刊》2013 年第 8 期)

路

明从爸爸背上滑下来，撒了一泡尿，一转身，爸爸不见了。明环顾四周，东张西望，除了小路两边丛生的野草和高耸的杂木，啥也没有。

明大声哭喊，爸爸，爸爸——声音撞到远处的山峦上，又无奈地弹了回来。

明的家趴在山脚下，只有一条曲曲弯弯的羊肠小道通向学校和外面的世界。这条路，明来来回回走了整整八年，但从未脚踏实地走过。

今天放晚学，明一直等到黄昏，没等来妈妈，却等来了爸爸。爸爸在四川德阿产业园打工，很少回家。

明打滚放赖，嗓子哭哑了，也没有哭来父亲。一抬眼，发现月亮蹲在树梢头偷偷地笑。

一只黑鸟，叽的一声从头顶擦过，惊得明浑身直冒冷汗。赶

捉迷藏

紧走吧,天黑就更看不清路了。

昏头昏脑,走到水塘边。面前有两条路,明不知往哪边走。

明努力在记忆里搜索,还是分不清东西。怎么走了无数遍的路,竟然不会走?真笨!明恨自己在父母怀里或背上,干吗老是眯着眼不看路?

夜幕像一张大黑网,终于坠了下来,晚风刮得草木哗哗响。

就在明绝望的时候,前方出现一盏灯,耀眼夺目。

在灯光的指引下,明终于找到了方向,找到了出路,清楚哪里有坎,哪里有坑,哪里需要拐弯……

晚风轻吹,枝叶跳舞,夜莺使劲卖弄着歌喉。明心花怒放,脚步轻快。

推门进屋,转身发现,爸爸也跟了进来。就在明愣神时,爸爸猛然抱起他,大声说,儿呀,你终于会走路了!

(发表于2019年1月7日《大江晚报》副刊,获"德阿杯"全国小小说、闪小说征文大赛优秀奖)

孝　酒

一天,我做客强总家,发现他家酒柜上摆着几箱十元一瓶的酒,很惊讶。

买给员工喝的?不可能,强总一贯大方,待人不会这么苛刻;是自己喝的?也不大可能,强总身家过亿呀。

正疑惑间,强总走了过来。我指着那几箱酒吞吞吐吐地说:"这,这酒……是?"

强总微微一笑,淡淡地说:"买给我母亲喝的。"

"什么?!给你母亲喝?"我张大了嘴巴。

"是的。"强总耸了耸肩,两手一摊说,"听说你要回家,请顺便带给我母亲。"

谁不知,强总是大孝子,出了名的,怎么会给母亲买这种酒?强总三岁丧父,母亲一直没有改嫁,为了儿子,吃尽了苦头,牺牲了一切。

"给你母亲喝？你在逗我吧？"我盯着强总的脸，足足有一分钟。

强总表情严肃，加重了语气说："真的！"

我猛然瞥见，有个酒瓶上的商标，还没贴紧，风一吹，啪嗒啪嗒响，似乎在抽着强总的脸。

"你买这种酒，就不怕村里人笑话你，戳你的脊梁骨？"

"不怕！"强总挺了挺身，昂着头说，"身正不怕影歪！"

"你舍不得，我买几箱西凤酒，谎称是你送的，行不行？西凤酒，不伤头不伤身，大家都喜欢，你母亲肯定爱喝。"我故意刺激强总。

"千万别这样，那样，母亲不会收，还要狠狠骂我的。"

"为什么？"

"不要问为什么！"强总大手一挥，斩断了我的疑问。

"就说是我送的，行吧？"

"更不行！"强总说，"母亲从不收别人的东西，她老人家的脾气，做儿子的最清楚。"

中餐，强总扬了扬十元一瓶的酒，诡秘一笑，说："今天，就破例用这种酒招待你，你可不要见怪哟。"

我嘿嘿一笑说："哪敢！你母亲能喝，我还不能喝吗？"心说，你这个小气鬼，徒有虚名！

强总娴熟地打开酒瓶，给我倒了满满一大杯，顿时一股清香直往鼻孔、心肺里钻。这清亮透明、芳香四溢的酒，差点引出了我的口水。我忍不住尝了一口，咂咂嘴，甘润，绵柔，不干喉……酒味十足。这独特的味道,好像在哪喝过?我端起酒杯,一仰脖,一口喝干。任凭其徜徉在喉管,恣肆在肠胃。我一时兴起,破例一连喝了满满三大杯。我怀疑自己喝多了,摇摇头,竟然不昏,再摇摇头,还是不昏!我敢断言,这酒绝对不是十元一瓶的,哪怕是十年前的,也不可能只值十元钱。但我看了看酒瓶,又迷糊了,确实是十元钱一瓶的酒啊。

这到底是怎么回事呢?我用眼神不住地询问强总,似乎不达目的,决不罢休。

强总环顾四周,没有外人,就说:"我可以告诉你,但你一定要管住嘴!你要是说出来,让我母亲知道了,我和你没完!"

我点头,赌咒发誓。

强总说:"不错,你到底是老喝酒的,这确实不是孬酒,是西凤酒。我把西凤酒倒进十元一瓶的酒瓶里,再重新封口,包装好,直至母亲看不出破绽为止。"

"原来是这样啊!"我说,"你为什么要这样做呢?"

强总一脸无奈地说:"母亲爱喝酒,但苦日子过惯了,从来舍不得喝好酒……我每次给她老人家买点好酒,母亲总是呵斥我退回去,还大骂我忘本。"

"你母亲也是老喝酒的,难道喝不出来吗?"我笑着说。

强总哈哈大笑,说:"母亲一喝酒就咂着嘴感叹,变了,变了!社会越来越好了,连十元一瓶的酒都比以前香啊!"

(发表于2015年5月2日《芜湖日报》副刊)

拜 师

一

来到大山脚下,太阳已经偏西了。

山脚下横着一排排绿树簇拥的房屋,一色青瓦屋顶,一群白鹭在村前的小溪前,或追逐嬉戏,或盘旋低飞,一片片粉红的云在村庄周围环绕飘荡。武明想,那飘在村庄周围的粉红的云,肯定是桃花了,不然怎么会叫桃花村呢。

溪水一路唱着歌,从屋前欢快地流过。武明无心欣赏,背着鼓鼓囊囊的黑色双肩包,跨过冒出潺潺溪水声的石拱桥,急匆匆地向村庄走去。

"一定要见到他,一定要见到他!"武明不停地对自己说,他几乎听见了自己激动的心跳。

经人指点,武明来到一处四合院门口,青砖砌的院墙四周栽满了花木,色彩斑斓,芳香四溢,蝴蝶翩飞,蜜蜂嗡嗡,鸟语声声。院门微微敞开,武明伸头朝里一望,一位鹤发童颜的老人靠在桂花树下的躺椅上,长长的银髯飘在胸前,双手捧着一本深蓝色封面的线装书,正在聚精会神地看着。身旁凳子上摆着黄得发亮的紫砂小茶杯。众鸟的喧哗声,他浑然不觉,似乎没听见。

不用说,这位老先生就是姚传承,姚大师了。武明一阵兴奋,却又马上紧张起来,他不知道是否真的能抓住这最后一根救命稻草。

二

那天李总打来电话,直截了当地说,要武明帮忙写点东西,武明不假思索,一口应承下来,写材料对他来说,还不是小菜一碟。哪知道李总有特殊要求,赋要用骈文写;还有,一副对联的开头,出句的头要嵌入"朝",对句的尾要镶进"阳"。"朝阳"是李总房地产公司的名字,这公司在当地做得风生水起,蒸蒸日上。武明张着嘴不知说什么好,文言文写作他不行,尤其是骈文和对联,更不行。可他已经答应了,现在怎么好意思反悔。说自己不会吧,怕李总笑话他,瞧不起他,更不想破坏他在李总心中的光辉形象。

武明在焦躁中度过了几天,突然想起一个人,那就是父亲。

回家之后,他拽开香火柜,柜里塞满了雨伞、雨衣、胶鞋,

捉迷藏

就是没有小书箱。

"你把我爸爸的书箱搬到哪里了?"他问老婆。

他记得清清楚楚,爸爸过世那天下午,躺在床上动不了,眼睛睁得大大的,望着武明,手指着床头,嘴唇抖动,说不出话。会不会有存折和欠条藏在那里?老婆像鹅一样伸着头,在床头,在床头和墙壁的夹缝里,在床底,仔仔细细地搜寻,又把每个笔记本反复地翻来翻去,抖得哗哗响,除了一行行清秀的蓝色钢笔字,啥也没发现,啥也没有。

只有武明懂得父亲的意思。这几年,父亲一直在整理手稿,常常静静地趴在书桌上或坐在床头,手里握着钢笔,埋头看着手稿,一边看,一边叽咕,一边修改,一遍又一遍地修改,累了就伏在书桌上或靠在床头边打个盹,醒了继续进行,病重期间也没有停手。有天深夜,武明起来解手,发现父亲房间的灯还亮着,就悄悄走到父亲的窗前,看到父亲弓着背趴在床上的矮方桌上改着写着,时不时咳几声。武明担心父亲的身体受不了,柔声劝道:"明天再搞吧,身体要紧。"父亲慈爱地看了他一眼:"儿啊,我的时间不多了,只能一天掰成两天用。"武明眼睛瞬间模糊了,泪止不住往下淌,他赶忙扭转头,不让父亲看见。

武明找来一个小箱子,当着父亲的面,把床头上摆着的五本厚厚的笔记本,一本一本地捧起来,小心地码进箱子里,上面蒙上红绸布,又压上光溜溜的石头镇尺——父亲用的镇尺,合上箱盖锁好,然后捧着箱子放进香火柜里。这一连串的动作,都在父亲的眼皮底下完成，父亲的眼睛一直盯着，监视着，丝毫也没有离开，生怕他的心血消失不见。

锁上香火柜门，武明来到父亲床前，弯下腰，附在父亲耳边大声向父亲保证："放心吧，我会整理出版，保存好，代代传下去。"父亲慢慢地合上眼睛，眼角流出的清泪滴到枕巾上。

如果手稿丢失，怎么得了？怎么对得起父亲？武明心中一阵惶恐。

"扔到披厦里了。"老婆轻描淡写地说。武明一听，火气腾腾往上直冒，真想狠狠揍她一顿。

披厦里阴暗狭小，堆满了杂物，他握着手电筒，猫着腰，翻来翻去，仔细寻找。屋里翻得乱七八糟，散发出一股股霉味。终于发现了，书箱躲在墙旮旯里，露出一个小角，他一阵窃喜，好像找到了古文写作的密码，悬在心里的一块石头落了地。他把堆在书箱旁的旧笤箕、破脸盆移走，落满灰尘的书箱，寂寞地待在拐角，孤零零的。铁锁生了锈，又找不到钥匙，无奈只好撬开，揭开蒙在上面的红绸布，叠在一起的五本笔记本，像藏在地宫的小塔。他把包着塑料壳的笔记本从箱子里请出来，像捧着一个个婴儿，小心翼翼地放在庭院的水泥地上晒太阳。

他看着躺在水泥地上的一本本手稿发呆，忽然想起父亲说过，研读古书，写诗填词，作骈文，对对子，需要《康熙字典》。这本书，家里有，还是清朝的版本，上面全是繁体字，很珍贵，是爷爷帮父亲买的，用三担米换来的。父亲经常在武明面前翻看炫耀，说这本书如何如何好，劝他一定要多看看。武明翻了翻，那复杂的繁体字，那模糊的反切注音法，那没有自己见解的烦琐的训释，他看得头疼，看得心烦，看不到几页就看不下去，合上书，皱着眉，摇着头。父亲提醒他："看不懂问我呀，你老子人称'活字典'，可以教你怎样去粗取精，怕啥呢。"可武明还是不想看，还是没兴趣。父亲灰着脸夹着《康熙字典》，耷拉着脑袋往老屋走去，嘴里嘟嘟囔囔："唉，真要读透古书，研究古书，没有这本书可不行噢！"当时武明还偷笑，心想，就你稀罕这些老古董。

这本书在哪儿？家里好像没有，哦，想起来了，在老屋里。自从父亲去世后，此书就一直锁在老家那没有上漆的旧式书柜里，再也没有人理睬了。他应该把它请回家，它可是母亲当年冒着被批斗的危险抢救出来的啊。那天，父亲预感到要出事，抄家的还没来，父亲就把这本书交给母亲，母亲把它放到菜篮里，上面盖上红头巾，假装出去摘菜，偷偷地埋在菜地里。

想到这里，武明立刻骑上电动车直奔父亲居住的老屋，找到了《康熙字典》，翻开《康熙字典》，发现一只黄色的信封，抽出信瓤展开，上面的字迹还能辨认，还是省里那位领导写给父亲的信，一封让他耿耿于怀的信。信上有几句话，他到死也忘不了："有人不是我的老师，自称是我的老师，经常找我；您是我的恩师却从来不找我……"这位领导小时候家里很穷，读不起书，准备辍学，是父亲一直资助他才得以完成学业。

父亲把这封信用油布包裹着，藏在芦席做的天棚上，从不示人。一次，他到天棚上找东西，无意中找到了，翻开一看，他惊呆了，这是真的吗？以为看错了，他揉揉眼，再看一遍正文，再看看写信人的姓名和地址，没错，就是省里某某领导写给父亲的，他在电视上看到过这个领导，他万万想不到父亲是他的恩师，几十年了，父亲任何场合都没说过，从来没说过。他拿出这封信，怒气冲冲地质问父亲："你不是说找不到人吗？你不是说没有关系吗？"父亲也不示弱，虎着脸梗着脖子说："都往城里挤，农村娃谁来教？"一句话就封住了武明的嘴。

"夹岸高山，皆生寒树。负势竞上，互相轩邈，争高直指，千百成峰。泉水激石，泠泠作响；好鸟相鸣，嘤嘤成韵。蝉则千转不穷，猿则百叫无绝。鸢飞戾天者，望峰息心；经纶世务者，窥谷忘反……"父亲闭上眼，高声朗诵，企图用《与朱元思书》给他降温，武明哪里听得进去，扔下信，气呼呼地走了。

武明把《康熙字典》和父亲的手稿并排放到水泥地上，阳光驱散了书稿上的霉味，武明闻到了书香。

他索性坐下来，静静地翻看着。这是父亲的遗作，用蓝墨水钢笔写的，两本写的是古诗词和对联，一本骈文，一本家谱研究，还有一本是古诗文研究，皆是父亲的原创，没有发表，也没有出版。父亲写的是行草，奔放潇洒，刚劲有力，自成一体。每一本笔记都写得满满的，都凝结着父亲的心血，每一页都像天空那样蔚蓝。父亲去世三年多了，武明第一次阅读，第一次晒霉，心里不是滋味，五味杂陈，眼里噙满泪花，耳边仿佛响起父亲沉重的叹息声和埋怨声。

"青山有意埋忠骨，乐果无情夺艳魂。"武明翻开父亲写的对联，小声吟诵。这是父亲含泪给村里一位年轻的小媳妇写的挽联。小媳妇漂亮嘴甜，热心好客，谁家田里活没干完，哪家做大事需要帮手，只要她看见，只要她知道，她就不请自来，分文不要，村里大人小孩都喜欢她。可丈夫疑心病很重，老是怀疑她有外遇，今天说她和张某某有一腿，明天又说她和李某某眉来眼去，她反复解释，丈夫就是不信，还是跟她吵嘴，还是糟践她，她精神崩溃了，一气之下，把一瓶"乐果"喝了个底朝天，用死来证明她的清白。那时候，方圆百里，无论哪个村唱大戏，哪一家办喜事，都会找父亲写一副对联，父亲有求必应，认真对待，精心构思，会把村名、新婚夫妇的姓巧妙地融进对联里。每当人们看到戏台两边圆柱上，或者婚房的大门上，用毛笔书写在红纸上的对联，就禁不住大声朗诵起来，就会断定是父亲写的，村民们认为，只有父亲才能写出这么高明这么有意味的对联。

他拿起家谱翻看，看了好长时间也理不出头绪。父亲退休后，帮人家修谱，高峰时，一年能修完八个大姓的谱。有个姓曹的大姓，老谱在发大水那年丢失了一部分，请了几十个修谱专家，每天好酒好菜伺候，研究了几个月，也没理出头绪。后来，有人向族长推荐了父亲，父亲一个人，半年不到就搞定了，还没多收一分钱。跟父亲比，武明觉得自己简直就是个弱智。

夜深人静，武明挑灯夜读，父亲写的骈文和对联，他能看懂，却写不出来，他又打开父亲写的《古诗文研究》，看了几遍，又翻了翻《康熙字典》，还是一头雾水，还是写不出来。他照葫芦画瓢，试着胡诌了几句，总觉得拗口别扭，不伦不类。他想，自己中文系毕业，经常在省级纯文学期刊发表小说、散文和诗歌，尚且写不了这种文体，可想而知，其他人就更难了。如果再不系统学习，再不深入研究，再不下苦功夫，那么这些传统文化就真的失传了。难怪，父亲在世时，总是那么忧郁，总是经常叹息。

"书到用时方恨少。"武明这时才感觉自己书读得太少，尤其是古文知识少得可怜。那时候，父亲经常当着他的面朗诵古诗文，摇着头，晃着脑，声音抑扬顿挫，动听悦耳，希望引起他的注意，引起他的兴趣，可惜那时的他好比一头牛，父亲弹的琴，他根本听不进去。父亲忍不住，大声说："想学古吗？我不怕烦，我教你！"他把头摇得像拨浪鼓一样，很不耐烦地说："这些老掉牙的东西，学它干吗，浪费时间，不学！"父亲呆呆地看着他，满怀希望的眼神突然暗淡下来。

三

"大作家，写了吗？能否发来，先睹为快。"没过几天，李总就在微信上问。武明马上回复："不要急哟，心急吃不得热豆腐嘛。还没动笔,放心,不会误你大事!"发完信息,他心里空荡荡的,虚得不行。

这几天,武明心里装着事,吃饭不香,睡觉不沉,经常做噩梦,一会儿梦见父亲在骂他,一会儿梦见李总在嘲笑他;做事没精神,总是丢三落四,总是讲了上句忘了下句;有时望着高远的天空发呆,有时倒剪着双手在庭院里团团转,有时捏着筷子不知道往哪夹菜,自言自语,好像丢了魂一样。"哎,你叹什么气,不能花钱买吗?有钱能使鬼推磨啊。""对对,老婆说得对!"他灵光一闪,忽然大笑,一拍脑袋,何不请人代写,网上找"枪手",花点钱就是了,省得活受罪。现在有些大学生的论文,教师的论文,好多就是在网上买的嘛。心急吃不得热豆腐,等过了这一关,再静下心来,潜心钻研这种文体不迟。

武明迅速行动,在写作群和文学论坛发了启事:谁会写骈文,千字万元,写得好,必有重赏。或者能提供会写骈文者联系方式的,有酬金。最后留下联系人和联系方式,当然,联系人是化名,联系电话和微信号,是用他的学生身份证办的。武明不想让人知道,尤其怕李总知道。

启事发出去,半天不到就有人加这个微信,打这个电话。"喂,你是李先生吗?""对,对,我是李先生。"武明很激动。"我知道谁会写骈文。""那你快说,住在哪?叫什么名字?手机号?""你不是说有酬金吗?酬金多少?"武明想了想说:"一千元。""那你先把酬金发到这个卡号上,我就告诉你。"武明急于求成，豁出去了，马上从手机银行里转了一千元。哪知道对方提供的手机号不存在，根本打不通，武明气得大骂不止。幸亏武明多长了个心眼，选择的是二十四小时到账，还可以申请撤回。

手机响个不停，不是电话，就是微信，一个没接完，另一个电话就追了过来。有人约他炒股，有人向他兜售乌发药和高级护肤品……没有一个人提起骈文。昼夜不停，烦死了，武明干脆把这张手机卡折断，愤愤地扔到垃圾桶里。

"给你们校长培训的老师会不会写？"老婆瞥了武明一眼，撇了撇嘴，一脸的不屑，"你看你，整天愁眉苦脸干啥？一个大活人，还能让尿憋死。"

"哦——"老婆的点拨让他眼睛一亮，他一拍大腿，突然想起了张博才教授。那天授课，张教授登台亮相，与众不同，穿黑色唐装，戴沉香手串，留长发，蓄长须，气度不凡，一看就是搞艺术的，讲话文绉绉的，时不时冒出一两句古诗词。下课时，他请求加了教授的微信，张教授欣然同意。这么长时间不联系，张教授会不会删除他的微信，肯不肯帮忙写骈文？他急忙在微信上搜索，教授的名字果然在，他笑了，翻开他的朋友圈，发现张教授写过古诗词方面的书，他一阵激动。可是，张教授是个大忙人，怎么和他联系？早上不行，早上事多又急着上班；白天不行，白天肯定很忙；晚上也不行，张教授可能在应酬。只有夜里十一点后可以。他想，先和张教授套近乎，先要引起张教授的好感。反复斟酌了一下，他才给张教授发了一条信息："敬爱的张老师，您那天的讲座，让我茅塞顿开，受益匪浅，至今难忘，您非凡的才华让我仰慕，您是我的导师，永远是我的精神偶像。""过奖了，什么事，请说。"张教授很快回复，好像一下子就看穿了他的内心，单刀直入。武明没有直接回答张教授，绕着弯子说："您古文功底深厚，骈文和对子肯定写得很棒。"文字后面贴了四个竖起大拇指的表情。张教授的回复很干脆："不会。""怎么可能不会呢，您太谦虚了。""真的不会，不骗你。我会欣赏古诗词和对联，但没写过。"武明很失望，打出一长串"唉"，又发了一个沮丧的表情。就在他无比灰心的时候，张教授又说："我的启蒙老师会写骈文和对联，我把老先生的地址和手机号告诉你，能不能帮你写，就看你的了。"武明喜出望外，连声道谢。

四

武明推开门，轻轻走到桃花树下，双手作揖，高声说："久闻先生大名，晚辈前来拜见。"老人放下书，坐起来，斜着眼上下打量着来人，四十岁左右，眉清目秀，文质彬彬，毕恭毕敬地站着。老人感觉有点面熟，好像在哪见过似的，一时又想不起来："你是哪里人？怎么知道老朽的？"武明连忙说："是张博才，张教授介绍的，我是他的学生。""哦——"老人说，"找我什么事？"说着端起茶壶，把凳子递给他："请坐下说。"武明没有坐，把双肩包里的烟酒拿出来，放到凳子上说："我想请您写一篇骈文和一副对子,这是见面礼。""不写!"老人满脸怒色,一口拒绝。"千字万元,写得好,还有重谢。"老人愤愤地说:"哼,我没见过钱!你把东西拿走。""我们武家,世代书香,看来在我手上要断送了!"武明仰面长叹一声,泪流满面,转身要走。姚先生似有所悟,忽然问:"你是不是武友道武兄的儿子?"武明点点头:"不才便是。""怎么来找我?你爸爸可是古文宗师啊,曾经还指点过我。""我是蠢子,我有罪啊!"武明含泪讲述了他和父亲的情况,老人沉默好长时间才缓缓地说道:"多年不见,没想到……可惜,唉!——想不到,一代古文宗师的儿子竟然不会……你,你九泉之下的父亲怎么瞑目啊?"武明倒头便拜:"请收下我这个徒弟吧,我一定好好学,决不给叔叔丢脸。""真要学好古文,不是一日之功啊,你有耐心吗?你有恒心吗?你真心热爱吗?你肯下苦功夫吗?"姚先生一连串发问。武明咬咬牙,不住地点头,指天发誓。"好好好,只要你肯学心诚,我会尽心尽力教你,否则我对不住武兄啊!"老先生开心地笑了,双手拉起武明,"近年,我心情一直不好,老是担心传统文化找不到传人,会失传,想不到侄儿来了,我心定了,这真是上天的恩赐啊!"

"你先在这住几天,咱俩好好唠唠嗑。"说着姚先生拉着武明进了"养心斋",书房不大,干净整洁,檀木桌子,紫藤椅子,均磨得发亮,书桌上并排摆放着文房四宝,左手边是笔架,右手边是笔山,桌中铺着宣纸。书房内立着书架、书柜,都摆满了整齐的书籍。许多书很旧,但没有一点怪味。武明翻看那些隔年隔世纪的旧书，有的还是宋元明清的古线装书，有的是孤本，价值不菲。更让武明称奇的是，几乎每本书，姚先生都留下了痕迹，有的地方还用毛笔做了详细的批注。姚先生在书架书柜前转过来转过去，一会儿工夫就抽出《古代骈文选》《古代诗词精选》《对联精选》《古文观止》《唐宋词格律》《汉语音韵学》六本线装书，放到书桌上，泡一壶乌龙茶，倒了两杯，示意武明坐下。姚先生啜了一口茶，面对着武明，娓娓道来："骈文是一种文体，起源于汉代，盛行于南北朝。因其常用四字句、六字句，所以又称'四六文'或'骈四俪六'。全篇以双句（俪句、偶句）为主，例如王勃的《滕王阁序》，全文以四六句为主，如'天高地迥，觉宇宙之无穷；兴尽悲来，识盈虚之有数'。杂以六四句，如'屈贾谊于长沙，非无圣主；窜梁鸿于海曲，岂乏明时？'又根据表意的需要，穿插以七字句、六字句、四字句、三字句、二字句，乃至一字句，如'落霞与孤鹜齐飞，秋水共长天一色'。多么富有诗意的语言啊，不能不令人叹为观止。'披绣闼，俯雕甍''嗟乎！时运不齐，命途多舛''勃，三尺微命，一介书生'等。这样交错运用，节奏分明，全篇行文，灵活多变，跌宕起伏，又浑然一体。骈文虽有局限性，但对仗工整，讲求平仄。讲求音律，富于乐感，声调铿锵，辞藻华美，赏心悦目，易于诵读，便于记忆。骈文有过辉煌，也有过落寞。如今骈文离现代人的生活越来越远了，目前研究的人和懂得的人极少，如果再不重视，再不研究，这种文体真的要中断了。"说着说着，姚先生腔调变了，声音一点一点往外挤，好像喉咙哽着什么东西，脸色阴沉，眉头凝成疙瘩。稍停片刻，姚先生调整一下情绪，拿起桌上的《古代骈文选》晃了晃："书里选的都是古代写得好的骈文，特别像王勃的《滕王阁序》、苏轼的《前赤壁赋》、吴均的《与朱元思书》、庾信的《哀江南赋序》，你要熟读背诵，反复揣摩，深入研究，有不明白的地方，打我电话，我会认真解答。等到这几本书都读透了，你再学写，我会手把手教你写骈文、做对子。"说完，姚先生站起来，双手搭在武明的双肩上，深情地看着他的眼睛，"希望寄托在你的身上，希望你不要让我失望。"武明昂起头，挺直腰杆："嗯！嗯！"声如撞钟。

五

武明把姚先生精选的古代诗文中的每一篇每一首都背得滚瓜烂熟，遇到不明白的地方，就马上打电话请教，姚先生总是详细地讲解。整理父亲的手稿时，一对比，他惊呆了，父亲写的手稿比那些古代经典诗文，丝毫不逊色。

这时姚先生打来电话："你父亲的诗文对联，你要多读多悟。""嗯嗯，我不但要读，还要背，放心吧，父亲天天在看着我，督促我呢。"武明瞅了瞅墙上悬挂着的父亲遗像说。

半年转眼就过去了，他觉得终于悟出点什么了，可以尝试写了。想不到，他出手不凡，第一篇骈文、第一副对联就得到姚先生的首肯，需要改动的地方很少。武明信心大增，一发不可收，坚持每周写一篇骈文，每天吟一首诗或对子。每次写出草稿，他都及时发给姚先生，或亲自登门求教，在老先生的指点下，反复修改，精心打磨。经过一再磨炼，他的古文写作水平提高得很快。

武明总算完成了李总的差事，姚先生读着他的《朝阳赋》和对联，摸着胡须点头称赞："侄儿，你赶上你爸爸的水平了，祝贺你！"

李总很高兴，要重重奖赏他，武明摇摇头，笑呵呵地说："李总，我写这个不是为钱，而且我得感谢你，是你把我逼上了这条路哩。"

趁着月色放风筝

一

梅琳把食品袋往厨房灶台上一放,火就腾腾往上冒。

一对双胞胎儿女,光着屁股在门口泥地上自顾自玩着,脏得像泥猴子;婆婆坐在墙角埋着头,一动不动。自从去年公公过世后,她就变成这样,不死不活的。家里冷冷清清,冰锅冷灶,一点烟火气也没有。不用猜,他肯定躲在书房里干那些事。她砰的一声撞开门,气呼呼地说,转五千块钱给我,马上!晓强坐在电脑前好像没所见,还在低头敲打着键盘。她随手把书桌上的《百年孤独》掼在地上,又大声重复一遍,晓强才抬起头怔怔地看着她,你要那么多钱干什么?买电瓶车,不然上街下集你去!买就买呗,买那么贵干吗?梅琳不干了,瞪圆了眼,指着他鼻梁说,人家刘老师几十万小车子都能买得起,老娘买辆电瓶车你还舍不得，这日子还怎么过？说着说着，就往地上一瘫，一边哭，一边数落他，我眼瞎得一个宕也没有（方言，意为眼瞎得厉害，看错了人），怎么跟了你这样的书呆子。这年头，哪个教师不在想尽办法挣外快，只有你整天躲在家里写那些一钱不值的文章。总有一天，老娘把你这些败家的书本一把火烧掉。晓强瓮声瓮气地说，教师补课违法，你难道不知道？老婆一听，气不打一处来，好多教师都在补课，一年挣几十万，违法了吗？怎么别人补课不违法，你补课就违法了？难道你是小妈妈养的？远的不说，你们学校刘老师家里长期住着二十多个学生，每个学生一年收两万八，一年收入五六十万啦！这是秃子头上的虱子——明摆着的事情，哪个不知道，哪个管的，哪个查的？都像你这个胆小鬼，喝西北啊。晓强说，刘老师收的不是补课费，是学生的吃喝费、住宿费、管理费。老婆更来气了，托管费一年要那么多吗？你这个榆木脑袋真是不开窍，人家把孩子放到他家，只是名义上托管……

晓强望了望窗外，抱着头，任凭老婆没完没了地责骂，无话可说。

门口玩耍的两个孩子，仿佛在一个劲地往上蹿，眼看就要长大了，需要花钱的地方太多太多，简直不敢想。父亲在世时，退休金还能贴补家用，母亲尚能带孙子。父亲走了，母亲的身体一天不如一天，梅琳不得不辞职在家。一家五口，全靠自己那点死工资，如果再不想点办法，裤子都没得穿。自己偷偷写了那么多年，稿费连喝茶都不够。

梅琳天麻麻亮就上街买菜，步行来回，四五十里，挺累的，早餐可能没吃。他脸露愧疚，把梅琳拉起来，拍拍她身上的灰尘，扶她到床上休息，又把那本摔散了架的《百年孤独》拾起来整理好，重新放到书桌上，就赶紧去烧饭。

二

大学毕业，晓强不想过那种按部就班、循规蹈矩的生活，只身外出闯荡，没想到，仅仅三年时间就败下阵来，败得一塌糊涂。

他宅在家里，埋头看书，很少出门，怕见熟人那带刺的眼光。累了，他就穿上风衣，套着笆斗似的头盔，戴着口罩，把自己包裹得严严实实，骑着车屁股上拴着风筝的电瓶车往郊外一路寻找。终于发现了那大得无边的绿地，他心仪已久的乐园。刚开始只有他一个人来，后来增加到两个，三个，四个……都是他引来的。

"心不要大，这年头能有一份稳定的工作就不错了，大城市不是你想象的那样哟。"父亲多次提醒他。

父亲退休前在当地小单位上班，做什么事，前怕狼后怕虎，一生平庸，没有作为，但也没出过大错，没吃过大亏。晓强总想摆脱父亲的影子，冲出去，干一番事业，但是做不到。

捉迷藏

从上海回来，他明白不少道理，想找份稳定的事做。大学毕业了，再让父母养活，于心何忍呀。思来想去，还是报考教师，教师单纯。凭他的实力，考教师不难，即使这样，也不敢马虎，他使出高考的那股劲，昼夜苦战。

哪知道，刚到校不久，就嗅出气味不正，原本以为教师的主要任务是教书育人，现在感觉不是这样。教师整天忙着准备材料，确切地说是制造材料。做什么事情，光做了不行，还必须留下痕迹，要有记录，有图片，否则不承认。这不，正在上课，上得正起劲，李主任突然堵到教室门口，催着要材料，说王校长在群里喊了，赶快交防溺水材料，上面急要，十点钟之前必须上报！上课的思路被打断了，他十分恼火。这种情况经常发生，每天都被各种材料整得头昏眼花，精疲力竭。这样的材料要它干吗？他发现很多教师都在应付，在黑板上写上班会名称，再写上校名班级名和日期，然后装出生动演讲的表情，有的还装模作样地扯两句，有的竟然一句话也不说，就用手机咔嚓一声留下照片了事。时间一长，连学生都知道是造假，对准老师拍照的手机，马上正襟危坐，摆出认真听讲的造型。这种欺下瞒上的做法，他特别反感，实在不想做。其实，各种安全问题，他经常和学生讲，晨会时讲，班会时讲，班级微信群讲，上课时也经常穿插在教材中讲，有时自己都觉得啰唆。明明都做了，而且做得很详细，详细到令人厌烦的程度，为什么还要做记录，拍照片？甚至连微信群里发的讲的都要截屏打印，这不是白白浪费教师时间吗？上课他不怕烦，教育孩子他不怕烦，可就是这些屁事令他头痛。

他对着镜子一照，感觉老了不少，上班才几年啊，他深深地叹了一口气。

三

除了写作，晓强最喜欢的就是放风筝。

那年逃回小城，第一件事就是做风筝。他找来竹篾、砂纸、马拉纸、牛皮线、剪刀、胶水等，躲在小屋里，精心制作鹰形风筝。小时候放风筝是他的最爱，父亲没有像鲁迅《风筝》里的那个兄长，那么粗暴，没有压制他的天性，所以他的童年还是幸福的。

节假日，晓强一旦捕捉到好天气，马上在"飞向蓝天"群里振臂一呼，群友纷纷响应，带着风筝，装着方便食品和矿泉水，骑着电瓶车或摩托车，在约定的时间到达。他们放风筝一般是去大草甸。这地方远离尘嚣，无遮无挡，一望无边。辽阔平坦的地面长着嫩绿的小草，像铺着绿色的地毯。一到大草甸，晓强的心舒展了。索性脱掉皮鞋，张开双臂，放肆地呼吸，感觉空气中丝丝的甜，缕缕的香。他先给风筝放一些线，在风力适足时，托举着老鹰顺着风的方向，用力往上一抛，边跑边放线。蓝天上飘着各式各样的风筝，有展翅高飞的雄鹰，有美丽迷人的仙鹤，有踩着风火轮的哪吒,有摇头摆尾的青龙……晓强仰望蓝天,专注着自己放飞的鹰。那鹰与众不同,绑上竹笛,扇着翅膀,扶摇而上,呜呜地鸣叫,一路呼啸着冲向高空,很快就撵上青龙,超过仙鹤,赶上哪吒,不一会儿就超过所有的风筝,遥遥领先。他的心附在鹰上,飞上了天空,贴着白云飞翔。上班期间积压在心里的郁闷和不快很快就释放得干干净净,晓强感到浑身轻松,每一个毛孔都舒畅。这个群的群主是晓强,聚集着一群志趣相投的人,有教师,有公务员,有个体劳动者,有留守妇女。除了爱放风筝爱看书爱写作,有的还喜欢跳舞,唱歌……

玩累了,从车厢里取出一块红塑料布,拉开铺在草地上。大家把包里的瓶装水和各种各样的食品,一股脑儿全倒在中央。大家盘腿围坐在一起,随便拿,随便吃,随便聊。最近谁读过什么好书,介绍给大家;谁写过什么文章,朗读给各位听。群友们凭感觉评点,怎么想就怎么说,没有任何顾忌。不仅如此,晓强还把放飞风筝的精彩图片和视频发到群里或朋友圈,惹得好多人都想入伙,一些学生跟着效仿,下课铃声一响就拎着风筝往操场上跑,放学回家作业不做就开始放风筝。

晓强雄心勃勃,暗暗给写作订了个计划:两年上一个台阶,他今年二十六岁,二十八岁上省级纯文学期刊,三十岁上国家级纯文学期刊。他给自己起了个笔名叫"而立",三十岁一定要在文坛上立起来。

只有在放风筝的时候,只有在深夜拿起笔的时候,他的心才能找到落脚点。

四

晓强的微信好友多，微信群多，他没有设置微信权限，谁都可以加，谁都可以看，他要的就是这个效果。除了把放风筝的图片发到朋友圈和群里，还把发表作品的消息晒出来；一旦得知投出去的文章过了终审，他会激动得整夜睡不着；收到样刊和稿费，会立即拍照发到朋友圈和所有群里，恨不得全世界人都知道。

父亲多次提醒他，低调些！低调些！他嘿嘿一笑，根本听不进去，觉得父亲胆子太小，干不了大事。

那天，刚下课，屁股还没落到椅子上，晓强的手机就唱起来，一看是校长打来的，他就很烦。有一次，他生了急病，马上向校长请假，打了电话，写了请假条，校长还不信，非要他拍张就诊的照片，整得他几天都没有好心情。

王校长端坐在宽大发亮的老板桌后，绷着脸，鼓着腮。办公室里只有他一人，见晓强进来，用手按了按，示意他在桌前的真皮椅子上坐下。晓强只坐了半个屁股，做出时刻要逃走的样子。王校长一脸不屑地看着他，晓强避开他的目光，校长找我何事？（快说呀，我忙得很。）校长猛吸几口，把烟屁股捺在烟灰缸里使劲拧了拧说，忙什么？大文豪，你要忙正事哟。平时有人喊他大文豪，他感到很受用，今天不知怎么的，这三个字听起来很刺耳，他颈子一梗大声说，我忙的就是正事！校长垮着脸说，你忙的是正事吗？那为什么有不少人反映你不务正业？晓强像点着的炮仗嗖地往上一蹦，满脸怒气地质问，谁说我不务正业？空气中充满着火药味。校长眉头拧成疙瘩，摆摆手说，你甭发躁，不是一个人在说，有同行，有学生家长，还有上级领导。干吗说我？每次统考，我的学生成绩都在全乡名列前茅，还要我怎么做？不错，我是写作，我是放风筝，可我从没占用上班时间，都是在放假时间，都是在深夜！难道写作放风筝违法吗？不违法，王校长慢条斯理地说，但是，不能影响别人，你是教师，你的一举一动，一言一行，孩子们会跟着模仿，所以凡事得有个度，不能做过了头。王校长干咳几声继续说，你年轻，可塑性强，要不断进取，争取更大的进步，不能躺在功劳簿上。在乡里考得好还要争取在县里考得好。你要好好反思，无风不起浪，墙倒还怕众人推哟！我是为你好。王校长重新点燃一支烟，吸了一口说，有人反映，有些事，你不肯做，还在背后发牢骚，还怂恿别人不做……没等校长说完，晓强就抢着说，我做了呀，比如防溺水，防毒品，防邪教，防欺凌，等等，凡是学校布置的我都实实在在详详细细地做了，不像有的人只干表面……王校长手一挥斩断了他的话，你说做了就做了？没有材料，领导怎么相信，难道就凭你空口讲白话？如果都像你这样，领导怎么判断是真做还是假做？如果你是校长或者局长，你不这样管还能怎么管？假如学生出了事，到那时候，谁来证明你做了，你能指望家长帮你证明？校长的一番话说得晓强低下了头，默不作声。校长慢腾腾地离开座椅，踱到晓强身边，轻轻地拍了拍他的肩膀，和蔼地说，晓强啊，马上要实行教师聘任制了，校长聘任中层干部，中层干部聘任班主任，班主任聘任各科教师。如果都不喜欢你，都不聘任你，嘿嘿嘿，后果你懂的，嘿嘿……晓强感到浑身阵阵发冷，头脑昏昏，两耳嗡嗡，像喝醉了酒一样，他不知道自己是怎么走出校长室的。

问题出在哪里？为什么有那么多人不待见他？在社会上，他没得罪过任何人；在单位，他没得罪过任何同事，更没得罪过领导。回到家，这件事搅得他睡不着觉，吃不下饭。他把王校长的谈话，一五一十原原本本地讲给父亲听。父亲背着手在室内踱方步，走了几个来回，说问题还是出在你身上，你人缘不好，和同事关系不好，和家长关系不好，和领导关系不好，大家都视你为另类，是因为你不合群，没有和大家打成一片，总喜欢标新立异独来独往，说明你现在还没有摸到单位的门，还没有融入单位这个小社会。晓强联想到他在单位遇到的一些奇奇怪怪的事，觉得父亲说得有道理。同事们碰到他总是绕着走；有时老远就听到办公室吵吵闹闹，只要他推开门，突然站在门口，同事们立马就闭了嘴；他在办公室时，大家很少讲话，要么耳语，要么用眼神。有一次他路过校长室，听到里面有几个人小声议论，说晓强笔杆子了得，经常在网上发东西，大家小心点。怪不得，正副校长的微信加不了，学校有些会议和外出培训活动，很少让他参加，好像有意压着他。

晓强开悟了不少。

他立即修改朋友圈权限，只允许朋友查看最近三天的朋友圈。不再在"蓝天飞翔"群邀请群友一道放风筝，别人邀请他，他也找借口不去。群里一片冷清。实在想放，就独自一人悄悄前往另一个没人去的地方，也不再在群里或朋友圈发布放风筝的图片和发表文章的信息。深夜写作不向任何人透露，当有人问他现在还写作还放风筝吗，晓强头摇得像拨浪鼓，不写了，没兴趣，再说现在学校忙得很，哪有时间呀。

五

晓强试图接近同事。

可从哪里着手呢？父亲说，你要做有心人，要主动拉关系，套近乎。

一想到这事，他就心酸。进校整整四年了，他没交到一个知心朋友。偌大的办公室，那么多同事，竟然找不到一个搭腔的，他仿佛住在孤岛上。仔细想想也不能怨别人，刚进校时不是这样。同事们没有歧视他，带来什么好吃的，每人桌上放一份，一起品尝，可他总是还给人家，说，我不吃零食，谢谢！搞得人家很尴尬；请他聚会，他总是找各种借口拒绝；下课的时候，大家喜欢凑在一起，谈谈美食，聊聊牌经，说说八卦，聊得正起劲时，没想到，他突然从书上抬起头皱着眉，冷不防插进来一句，你们的精神支柱倒了！大家听了很生气。

现在要和同事们拉近关系何其难哉。父亲鼓励他，有志者事竟成！

他暗中观察，同事们喜欢吃什么果品，就不声不响买来了一大包刚上市的山竹，每人桌上放一份。有的同事用奇怪的眼光看着他，以为太阳从西边升起，吃也不是，不吃也不是。他懂得大家的心理，马上掰开一个山竹，露出一瓣瓣雪白的肉，自己先尝几瓣，咂咂嘴说，真甜，好吃！然后再把山竹一个个剥开，送到同事们嘴里。有位同事一边吃一边拿他打趣，你不是说从不吃零食吗？晓强红着脸，腼腆一笑说，此一时，彼一时也。说完又笑，同事们也笑，隔阂在笑声中瓦解。此后，隔三岔五买来水果和坚果与同事们分享，水果和坚果间隔开，梨子、杏仁、苹果、野生小核桃、香蕉、夏威夷果……他说多吃这些果品，补脑益寿。同事回敬他，他也不客气，送来就吃，不好吃也有滋有味地嚼着。有人给他散烟，他也接了，咳得眼泪直淌，也要把烟吸完。

下班回家，他就钻到对门的棋牌室，看人家下棋，"掼蛋"，一边看一边琢磨打法。当有人中途离开，他马上补上去干几盘，很快就学会了各种牌的打法。当别人在谈论打牌的事情时，他也能插上几句，而且插得很有水平。

捉迷藏

　　端午节快到了，他到池塘摘来苇叶，裹一篮粽子，粽子里埋着两瓶五粮液。他暗中打听过，王校长喜欢吃粽子喝好酒。王校长笑眯了眼，非要留他喝酒，说，你要不喝，我就不收。他只好留下来，王校长和他老婆很热情，一个劲地劝酒，不知不觉，一瓶五粮液就干完了，又开了一瓶。晓强脸不红，一点醉意没有。王校长端起酒杯跟他的酒杯碰了一下说，晓强，没想到你这么能喝，我终于找到对手了，哈哈，你刚来，我就看出来了，只要培养好，你是块好钢。晓强一仰脖一口喝干，谢谢领导夸奖！

　　第二天晚上，他回请王校长，说来而不往非理也，王校长欣然同意。请同事们作陪，他们没有一个拒绝。吃完饭唱歌，王校长很开心，一首接着一首唱，唱得很动情。明知道他的声音刺耳，唱的歌难听死了，能把耳朵炸聋，能把大牯牛吓跑，晓强还是使劲鼓掌，一个劲地说好。同事没有一个反对，有的把酒杯倒满，有的抢先两手各执一杯酒，一杯递给王校长，跟他碰杯，咣当一声，为他鼓劲。王校长一高兴就想喝酒，有同事眼疾手快，迅速端起酒杯递给他。王校长仰起脖子，一口喝干，又接着唱。歌唱完了，王校长也醉了，晓强把他扛回了家。

　　同事纷纷加他微信，拉他进各种群，有下棋群、掼蛋群等等。王校长也主动加他微信，拉他进了唱歌群。王校长爱好K歌，喜欢把唱歌的视频发到群里。晓强总是带头鼓掌，第一个送花，第一个转发。

　　不久，晓强成了后备干部人选，不是领导推荐的，是全体教师推选的,晓强根本没想到。

但不知怎的,晓强就是高兴不起来,时时感觉心里空落落的。只有夜深人静,独自一人躲在书房里读书写作时,他的心里才感到充实。

六

架不住老婆叨唠,晓强也招了二十多个学生。

老婆负责一日三餐,洗衣浆裳,吃喝拉撒。他负责监管辅导,孩子们不准外出,出了他家门就进校门,出了校门就进他家门。他放学回家啥事不干,就坐在监控器前看着孩子,一刻也不能放松,孩子的一举一动尽收眼底。哪个孩子遇到不会做的题目,举一下手,他马上过去,详细讲解,直到孩子完全搞明白为止,往往这个孩子搞懂了,那个孩子又举起了手,他从不嫌烦,从不马虎。作业全部做完了,他还要批改,做错的地方,还罚他们订正。就这样,每天裤子一套,就忙到深夜,根本没时间看书和写作。因为认真,成效显著,许多家长都抢着把孩子交给他托管。短短几年时间,他就买了房买了车。梅琳整天笑眯眯的,对他的态度来了一百八十度大转弯,经常给他买补品,买名牌衣服,天天给他开小灶,一开口就是"我家晓强,我家晓强",生怕晓强被人家抢走似的。

一天,马三的外公闯到晓强家,怒气冲冲地质问他,你是怎么管的，怎么辅导的？我孙子考得这么差，比人家没托管的还要差。你这水平，不配托管，就是在骗钱！你赶紧把钱退给我，不然，老子告到教育局，叫你吃不了兜着走，把你收到的钱全部吐出来！晓强气得脸色惨白，浑身打战，说不出话。一听说要把钱退出来，梅琳不干了，从卧室里不断撞着门，要冲出来。晓强死死地靠在门上……马三母亲是精神病，父亲出走，下落不明，外公只好收养了马三。马三天生智商低，送过来时，晓强不愿收，怕教不好坏了名誉。马三的外公不高兴了，人家的孩子能收，我孙子为什么不能收？哼，你要不收，我让你一个也收不成！唉，没想到，怕麻烦，麻烦还是找上门来。听小道消息说，教育部正在酝酿一场风暴，重点扫荡有偿补课和校外培训机构。到那时，自己这样补课会不会被追究？挣的钱会不会吐出来？他心里没底，精神恍惚，不知如何是好。

夜已经很深了，周围是死一般的静，孩子们的鼾声此起彼伏。他枯坐在电脑前，头脑一片迷惘。这时，跟他一道放风筝，一道参加文学培训的阿明发来信息，说自己的一个中篇被《小说选刊》转载了，他的心咯噔一下，觉得他这样的生活，这样的劳动毫无意义，毫无趣味。他对着镜子照了照，简直认不出自己：眼袋下垂，头发稀疏，头顶很快就盖不住了，才三十四五岁，看上去就像个小老头。看着大学毕业照，那时候，他腰杆笔挺，脸色红润，头发乌黑浓密，是何等气势逼人，何等英姿勃发啊！他重新打开书本，心里很乱，根本看不下去；想写作，敲不出一个字，没了灵感。他抬起头望着窗外，深蓝的天幕上铺着无数的冰块，那残月像一只破败不堪的风筝顺着冰块不断往下坠落。

晓强从杂物间翻出那只鹰形的风筝，抖掉灰尘，悄悄出了门。他想在月光下放一回风筝……

捉迷藏

窗台上的雪人

1

天空下着雪。晶晶坐在窗前，突然站起来，抹了一把光溜溜的脑壳，戴上针织帽，围上围巾，从后门溜了出去。她把一块长方形硬纸板塞到羽绒服里，用胳膊护着，朝不远处的涵洞跑去。

艾老师还会喜欢我吗，还会来吗？回家是不是又哭了，肯定哭了好长时间吧？她转到村小读三年级，一直到六年级，班主任都是艾老师，她从未看见老师哭过，没想到那天她哭得那么伤心。

高速公路下面的涵洞是艾老师回城的必经通道。她家住城里，一般星期六放晚学回家，星期日下午赶回学校，怕星期一早上到校迟到。艾老师家离校很远，晶晶去过，是艾老师带她去的。先骑半个小时电瓶车赶到车站，再坐近两小时大巴，到达城里天都黑了。只要艾老师回校，晶晶总是跑到涵洞口迎接她。艾老师长得像画上的人一样，戴着白金框眼镜，文文静静，身材又好，不管穿什么颜色的衣服都好看，比妈妈不知好看多少倍。妈妈经常脸不洗牙不刷就吃饭，头发乱糟糟的，脸上像涂了锅灰，身上脏兮兮的。晶晶常常想，艾老师要是我妈就好了。

雪还在下，纷纷扬扬，不大也不小。晶晶坐在涵洞里，双手托着白色的长方形的纸牌子。纸牌子是她在黄色的包装盒上小心翼翼地剪下来的，用白纸糊了的一面，歪歪扭扭地写着三个大黑字：对不起！她眼睛一眨不眨地注视着过往行人和车辆，尤其是红色的新日牌电瓶车。路人都惊讶地看着她，这么冷的天！有的过了涵洞还扭头瞥她一眼，露出奇怪的眼神；有的还嘀咕一句，头脑有病啊。

没有行人和车辆过往时，晶晶就欣赏雪。她喜欢雪，一碰到下雪，晶晶就兴奋不已，在家就待不住，喜欢在田埂上或马路上疯跑，张开双臂，仰起头，张着嘴，去迎接那满天飞舞的雪花，哪怕成为白雪公主也不想回家。雪厚了，她就和"小淘气"等小伙伴一起堆雪人，堆得像模像样。雪干净，雪花美丽，她觉得雪是世上最好的美容师。道路啊，树木啊，田野啊，房屋啊，刷上一层雪，就好看了。晶晶甚至想，要是家里也落下厚厚的雪就好了，就看不到那些讨厌的东西了；要是我妈不怕冷，在外面多待一会儿，多落些雪，肯定干净多了，好看多了。她忽然突发奇想，我妈的脑子和心，也能淋到雪就好了，脑子就会清醒了，心也不会糊涂了，就不会瞎胡闹了。她真想用雪给妈妈做一个脑子，捏一个心。

晶晶这次来时，比往日都早，她生怕错过艾老师。可直到现在，艾老师也没有出现，难道她不来上班了？或者看到了她，不睬她，抛下她生气地走了？想着想着，眼里就涌出泪水。

2

起初晶晶到中心小学读书，是胖司机忽悠的。后来奶奶才知道，胖司机是为了凑够一车人数。

那天早上，奶奶搡着她去附近的村小报名，迎面碰到了接送学生到中心小学的胖司机，胖司机把车子斜着停在水泥路上，匆忙下车挡住奶奶，满脸堆笑地说，老人家你怎么到村小报名？奶奶说，这个学校离家近呀。你看看村里有几个学生在这个学校？都走啦，有的到城里上学，有的到镇上读书，大多数都到中心小学去了。奶奶说，不是那个料，到哪都不行。胖子说，你这话就不对了，你怎么知道晶晶不是读书料？这个学校不好，学生都跑光啦，只有几十人，快要倒了。要是好学校，学生怎么会跑呢？奶奶不作声。胖司机说，老人家，就是砸锅卖铁也要送孩子到好学校，再苦不能苦孩子呀。晶晶爸爸在外面打工那么多年，难道一个孩子培养不起吗？晶晶妈虽然头脑不好，不能做事，但生病政府瞧，每月拿低保，一年也能存几个。奶奶还在犹豫，胖司机连拉带拖把祖孙俩拽上了车，小声小气地说，你不要和别人讲，我少收点。中心小学校长是我哥们儿，帮晶晶搞点补助，应该不成问题。

胖司机把晶晶领到金鱼眼老师面前，金鱼眼仔仔细细地上下打量着晶晶，问她是哪个村的，晶晶还没回答，胖司机就抢着说是旮旯村的。你们那附近有村小，干吗跑那么远上学，花冤枉钱呀？奶奶不知说什么好，胖司机马上接过话头，大声说，谁不想到大学校上啊。我们班人满了。金鱼眼指指左边办公桌上的瘦老师。我们班也满了！瘦老师白了一眼金鱼眼，又指了指后边的卷发老师，轻声说到他们班看看。卷发老师还是听见了，气呼呼说，都不愿要，想害我呀？胖司机来火了，大声嚷嚷，要不收，我们村一个不收！难道晶晶是小妈妈养的吗？我找校长，校长不收，哼！我打教育局电话。说完转身往校长室走。金鱼眼慌忙拽住他，皮笑肉不笑地说，胖哥呀，甭发躁，我来想办法。说完他把瘦老师、卷发老师拉到一边，鬼头鬼脑商议，好像还小声吵了一会儿。最后金鱼眼走到办公桌旁，裁了三张一样大的方块纸，只在一张上写了字，然后把这三张捏成团，放到桌上，又仔细看了看，才招呼她俩过来，让她们先抓。她俩打开一看，马上脸上露出笑容。金鱼眼还没抓，脸上就先变了色。

金鱼眼耷拉着脑袋，领着晶晶往一年级教室走去，嘴里嘟囔，这个蛋背不动哟。教室里黑压压的，坐满了学生，晶晶被安插到最后一排靠近后门的末位。坐在这个位置，不用扭头，斜着眼就能看到碧绿的草坪，两个对称的椭圆形的花坛，比围墙还要

捉迷藏

高的绿茵茵的树木。金鱼眼一有机会就大讲特讲安全问题，不准出校门，不准下塘玩水，不准打架……这也不能搞，那也不能玩，讲得嘴里冒白沫，讲得晶晶耳朵起了茧。晶晶没上学前在村里野惯了，哪受得了那么多规矩。她觉得教室就像个鸟笼，整天关在里面难受死了。不过身体关住了，但她的眼睛，她的心却关不住。一只蝴蝶飞进花坛里，正在亲吻那朵花；蓝天飘来一朵白云，又飘来一朵白云；一只鸟飞来了，又飞来一只鸟。她的心也随着白云和鸟儿飞向远方。她坐在拐角，身材矮小，老师不容易发现。老师讲课她听不进去，尤其是金鱼眼讲课，她更听不进去。作业做得一塌糊涂，全是红叉，老师经常批评她。一天，金鱼眼绷着脸拿着一沓作业本走进教室。你们看，金鱼眼右手举起一本作业翻开扬了扬，然后走下讲台，向座位中间过道走去。同学们看看，同学们看看，这个笨蛋，抄都不会抄，抄得牛头不对马嘴！你们猜这个笨蛋是谁？同学们不约而同地扭头朝晶晶望去，盯着她，几十双眼睛像几十把利剑一齐刺向晶晶，晶晶羞得无地自容。金鱼眼把作业本狠狠地砸在晶晶的脸上，引得同学们哄笑不止。期末统考，晶晶只考了十几分，全年级倒数第一，金鱼眼气不打一处来，当着全班同学面，指着晶晶说，如果不是这个大笨蛋拖后腿，我们班将名列全学区第二，唉！同学们都很气愤，朝晶晶翻白眼，吐唾沫。晶晶不想读书，一听到上课铃声就紧张，一看到金鱼眼的脸就害怕，她趁着上厕所的机会，悄悄溜出教室，躲在校园角落的大树荫里捏泥人，捏了一个又一个，她以真人为原型，有老师，有同学，有妈妈，有奶奶，闭着眼，都知道他们的模样，所以她捏起来不怎么费劲，捏得很像，有鼻子有眼，活灵活现。快要放学了，她听到校园里乱糟糟的，老师和同学都在找她，晶晶——晶晶——你在哪儿？声音此起彼伏。

3

晶晶不想上学，打死也不上，奶奶管不住，爸爸在外打工，鞭长莫及，妈妈更不行。她整天在村子里田野里疯跑，跟小狗小猫玩，跟小鹅小鸭玩。停学快一年了，金鱼眼没打电话，更没上门动员，晶晶是被彻底抛弃了。

爸爸回家过春节，跟晶晶谈心，问明情况，临走对奶奶说，一定要送晶晶读书，她不愿到中心小学，就在附近村小读。这么小，不上学哪行？

开学有几天了，晶晶才来报名，奶奶捉住晶晶的手往办公室拖，晶晶一只手抵住门框，不肯进门，叨咕不停，我不念书，我不念书。奶奶生气了，双手使劲一拽，晶晶撑不住跌进门来，差点跌倒。老师们都好奇地注视着这一老一小。有个秃顶教师路过门口，看到晶晶和老奶奶，脸色霎时变了，眉头拧成疙瘩。在中心小学读得好好的，干吗转回来？奶奶说，她不愿在那儿念书。真的吗？嘿嘿，是中心小学不愿要吧？我到你家找过几次晶晶，都是中心小学打我电话，叫我去的。哼！晶晶的情况我能不知道？中心小学管不住，我们小学校能管得住吗？什么中心小学，只收我们村好学生，不收差的，收到差的就想办法挤走。秃顶吊着脸，气呼呼地说，你一开始就在中心小学上学，就要在那里上到底！奶奶还没说话，晶晶就抢着说，我死也不到那儿上学了。如果晶晶刚开始就在我校，再差我也不讲孬话。校长噘着嘴。校长啊，我求求你做点好事，收下她吧，不然，这孩子真完了。晶晶可怜啊，她妈妈头脑不好，她爸爸肺有问题，还在外面打工。说着眼泪就下来了，止也止不住。有个戴金边眼镜的漂亮女老师看不下去了，走到晶晶跟前，拨弄她的头发，摸摸她的脸蛋和衣裳，身上这么脏也不洗洗？奶奶说，我眼睛不太好。哦，女老师弯下腰问晶晶，轻声细语，你多大啦，读到几年级了？晶晶说十岁，读到三年级。十岁按理说要读四年级呀？晶晶低下头不作声。老奶奶说，唉，上完三年级就没上，在家玩了一年。啊，原来是这样啊！那你到我们班来吧。老奶奶一听，就要下跪，被女老师抱住了。秃顶说，可她学籍已经到了四年级了，现在上面要求人籍一致，学生在哪个班读书，学籍就要跟到哪个班。想留级很麻烦啊，要好多资料，根本办不了。到时候上高中或者大学网上录取不了，怎么办？老奶奶说，就她这样，还想上大学？能识几个字就不得了了。老人家，你别这样说，粪堆还有发热时嘛，到那时怎么办？女老师小声对秃顶说，校长，先收下来，以后慢慢想办法吧。都不肯收她，她将来还怎么生活？秃顶叹了一口气说，是的，那你辛苦了。晶晶觉得这女老师说话好和气好亲切，比金鱼眼不知好多少倍，没问她原来考了多少分，也没有出什么难题刁难她。校长摸着晶晶的头，指着女老师说，你以后要多听艾老师话；不要淘气，唉！艾老师？她是艾老师？她重新瞅了瞅艾老师，圆圆的脸蛋像嫩藕一样，颈子上系着蓝围巾，比金鱼眼好看多了。她听同村的"小淘气"说过，艾老师心肠真好。有一次，"小淘气"亲眼看到，校门口有两只狗在捉弄一只小猫，那小猫好像刚出生，路都走不稳，哪架住两只大狗折腾，像娃娃一样哭着，哭得好惨。艾老师出门倒垃圾，看到了，立即跑过去，赶走两只狗，解下蓝围巾，包住猫，把它送到猫窝里。此后，"小淘气"经常看到艾老师送吃剩的鱼肉给猫吃。

艾老师搀着晶晶到了水池边，打开水龙头，帮她洗了脸和手，然后带她去班级……

碰到刮风下雨，艾老师中午留晶晶吃饭，教她淘米烧菜，扫地抹桌，老师总是夸奖她，嗯嗯，米淘得挺干净，嗯嗯，桌子抹得挺干净，嗯嗯，地扫得挺干净。晶晶觉得还不行，她在家啥事都不做，吃了玩，玩了吃，家务活是奶奶一把包了。第一次做家务，还有点笨手笨脚。这次，鱼烧得有点咸，可艾老师说咸鱼淡肉，才好吃嘛。艾老师的话像裹着蜂蜜，好甜，甜到心里。她做事更有劲头，更有信心了。艾老师还经常和她谈心，你妈妈虽然很爱你，但精神有问题，帮不了你。你奶奶岁数大了，总有一天会老去。你要学会生活自理啊。不然，到那时，你还怎么过日子？每天跨进校门，只要看见艾老师，晶晶就会张开双臂抱住她，当着好多师生的面，亲热地喊她艾妈妈，喊得她脸都红了。有位老师笑着说，艾老师对象还没谈呢……

期末阅卷结束，艾老师正在宿舍和晶晶做爱心游戏，听到门口传来沉重的脚步声，由远而近，接着门被推开了，是校长。校长把三年级统考的试卷往桌上一放，你看看，校长瞥了一眼晶晶，如果不是她，你们排名不会靠后。太不像话，太不像话，明明是你们挤走的学生，要算也应该算到你们中心校头上，怎么还要让我们"背黑锅"。艾老师停止做游戏，手在微微发抖。校长安慰她，虽然你的统考排名不好，但你在我心中永远是第一！晶晶知道校长说的"她"是谁，脸上火辣辣的，禁不住低下了头，她不敢看校长，不敢看老师，更不敢看卷子。她对不起老师，对不起同学，她恨自己，恨自己拖了全班的后腿。她不知道，为什么动手的事情，只要看一下，或者有人点一下，她就会做；可考试她就不行，只要拿起笔，她就发昏，头脑像涂了糨糊。艾老师沉默了一会儿，抹了抹眼睛，微微一笑，双手托起晶晶的脸，不管这些，尽力就好。来，我们继续做游戏……

4

最近晶晶总是感觉头皮很痒，痒得钻心，有时还像针刺一样疼，不时用左手抓抓头，咧咧嘴。她心里很乱，很烦，爸爸得肺癌走了，不久奶奶也走了。奶奶过世了，她哭得不行，仿佛靠山倒了，比死了亲娘还伤心。奶奶在世时，晶晶和奶奶住在一个屋里，晚上和奶奶睡一张床。现在奶奶不在了，奶奶住的屋子，她不敢进，一进屋就想哭；和奶奶一起睡过的床，她不敢看，一看就做噩梦，更不要说睡了。没办法，她只能和妈妈住在一个屋里，在另一个房间放一张折叠床。妈妈身上脏得要死，再干净的衣服穿上身，一会儿就脏了。在外面碰到什么脏东西，妈妈当作宝贝似的往家里拿。家里堆满了各种各样的破烂货，破胶鞋、破碗、旧塑料盆、蛇皮袋、旧衣服……连桌子上、凳子上、椅子上，都摆满了，难以下脚。堂屋和妈妈的房间散发出一股股难闻的气味。晶晶想整理堂屋和妈妈的房间，但干不了，刚刚收拾好，一会儿就脏了乱了。妈妈看到哪家厨房没锁，就钻进去打开冰箱或放菜的柜子，随便找一个碗，碗也不洗，用手在每个菜盆里抓一把，放进碗里，塞得满满的，端回家给晶晶吃。晶晶说过她好多次，她根本不听。邻居虽然讨厌晶晶妈，但也没办法，谁叫她是疯子呢，只好把厨房上锁。村里人都很同情晶晶，到了吃饭的时候，哪家有什么好吃的，都会主动盛一碗送来。晶晶妈除了张口吃饭，每天接送晶晶，什么事都不会做。晶晶放学回家，书包一丢，就开始做饭，扫地，抹桌。幸亏艾老师事先教会她这些，不然，这日子真不知道怎么过。自从晶晶奶奶病逝了，晶晶总是离艾老师远远的，艾老师留她过夜，留她吃饭，她死活不肯，说晚上要照顾妈妈，餐餐要做饭，一餐没得吃，她那个疯妈就要到人家偷东西吃。其实最主要的原因，是她怕身上的气味和

233

脏东西沾到艾老师身上。晶晶不愿她妈接送,说我都是六年级学生了,难道不会走路吗?可她妈非要接送。晶晶妈接送,也就是陪晶晶走路,真要遇到什么车辆,晶晶还要照顾她妈。

头发怎么有那么多白点子?晶晶正在做作业,艾老师突然走到她的身后问。晶晶说是脏。艾老师没说什么,扒开她的头发,捻了捻几根头发丝,皱着眉说,我带你去理发吧。放学了,艾老师搀着晶晶,走到校门口,对早就守在大铁门边的晶晶妈说,我带晶晶到镇上去理发,你就待在这里,不要乱跑,回来带饭给你吃。然后叫了一辆出租车就走了。请理发师给晶晶洗了头,理了发,临走还到超市买了洗发膏。打车回校的路上,艾老师反复嘱咐晶晶,你要搞好个人卫生,衣裤毛巾梳子要用开水烫,被子要经常晒。从明天起,我每天在学校帮你洗一次头。

可一连洗了几天,晶晶头上的虱子也没清除掉,头皮还是痒,虱子卵还是顽固地缠在头发上。有老师建议用篦子经常梳头可以篦掉虱子卵。艾老师请在镇上住的老师买了两把篦子,一把放在学校,一把给她带回家。叫她一有空就用篦子梳头,反反复复地梳。就这样每天洗,天天篦,还是不行。

自从奶奶去世后,晶晶不让艾老师到她家,找各种借口阻止。一天黄昏,艾老师事先没打招呼,突然推开晶晶家门,她捂着鼻子,四处看看,皱了皱眉,她傻眼了,她哭了。晶晶不知所措。

艾老师打车带她去镇医院皮肤科检查,医生说,最好的办法是剃光头。可一个女孩剃光头多么难看呀,孩子笑话她怎么办?

噢，她像忽然想起了什么，拍拍脑袋，自言自语，今年冬天，流行红色针织帽，戴在头上，好看大气，女孩都喜欢戴。艾老师丝毫没犹豫掏钱买了。晶晶戴着红色的针织帽，走进校园，就引来无数的目光，好多学生脸上露出羡慕的表情。放晚学，蹲在校门口的晶晶妈，看见了，呵呵笑着，拍手称好。

第二天早上，晶晶妈送晶晶上学，保安没注意，她突然闯进校园，晶晶感觉要出事，跟在后面就追，晶晶妈径直冲进办公室。艾老师正在批改作业，晶晶妈扑过去一把揪住艾老师的衣领，艾老师吓了一跳，不知发生了什么事。晶晶妈大喊大叫，你赔我女儿头毛！你赔我女儿头毛！晶晶死死抱住妈妈的腿，但不管用，教师们纷纷跑来劝阻拉架，校长闻讯也急忙从校长室赶来了。晶晶妈攥着艾老师的衣领，死活不放，老师们掰了好长时间，才将她的手掰开。晶晶妈就势往地上一躺，打滚撒泼，号哭不止……

5

那天晚上，晶晶没有做饭，啥事也没干，把自己锁在房里，不吃不喝。她的心空在下雨，脑子里始终晃动着艾老师那泪汪汪的眼睛，整整哭了一夜。自从爸爸奶奶走了，村干部、乡干部对她们母女俩都挺好，经常来看她们，给她们发了银行卡，每月都能取到钱，逢年过节还送来钱物，艾老师还发动学校师生给她们捐了款。她还有什么不满足的？她觉得自己有愧，她恨母亲，可母亲是个疯子，恨她有什么用？听奶奶说，小时候，她得了怪病，四处求医无果，妈妈夜夜哭泣，急火攻心，等她从鬼门关里逃了出来，母亲却疯了。

雪还在下，风还在刮，天眼看就要黑了，来往车辆越来越少。晶晶的双手举酸了，可艾老师还没有出现。以往艾老师从没有这么晚回来过，要么没来，要么早就到了学校。她把牌子重新藏到羽绒服里，用胳膊夹紧，顶着风雪，缓缓向学校走去，一边走，一边前后张望，生怕错过艾老师。

校门前的一排路灯亮了，雪花像飞蛾一样绕着灯飞舞。双休日校园很静，灯光照到校园里的一排房子上。校长和艾老师的房间并列着，门窗紧闭。校长一家经常在节假日回城里住，星期一早上返回学校。难道艾老师是明早回吗？还是永远不回？

雪越下越大，乱麻一样搅得满天都是。晶晶望着艾老师宿舍的窗台，突然来了灵感。校园的围墙不高，她先把牌子从铁门缝里塞了进去，又拽着靠墙的树枝攀上了墙头，然后抓住围墙里边的树枝慢慢坠到地面。她先把塞进来的牌子放到老师的窗台上，"对不起"三个字朝外。再找来一把笤帚，把地面的积雪扫到一起，然后借着路灯光，蹲下来精心堆起雪人，雪花落到她的脸上，身上，她浑然不觉。等她把雪人造好了，自己也成了雪人。她跺跺脚，抖落身上的雪花，用小树枝在雪人胸前，一笔一画工工整整地刻了三个字："我错了。"然后把雪人也放到窗台上，脸朝里。雪人的两条腿是弯着的，好像跪在窗台上……

恩　怨

1

　　放下电话，我一阵窃喜，转身跨进教导主任室，对贾二说："刚才局长找我。"贾二咧嘴一笑，露出大龅牙，喉咙咕嘟直响，好像声音从里面滚出来："恭喜，恭喜，校长又有喜事了。"我面露得意，扩了扩胸："回来咱俩喝酒。"说完就匆匆骑车赶往车站。

　　调到山洼乡中心小学当校长，我才三十出头，当时，我有不少担心，不少顾虑，怕自己年纪轻资历浅，小马拉不动大车，怕有背景的人多，有关系的人多，不好管理，还怕贾二不服我……"你大胆干，有什么困难，组织上会为你撑腰的！"要不是王局长叉着腰大声给我壮胆，我真不敢接手。现在看来，真是想多了。

　　我担心贾二，也不是没有道理。贾二和我住在一个庄子，门对门，穿开裆裤就在一起玩，我俩同年考取师范，毕业后，他分

捉迷藏

到山洼乡中心小学,我分到旮旯村小学。几年后,他担任中心小学教导主任,我做了村小学校长,中心小学教导主任和村小学校长桌子板凳一样高。中心小学老校长快到退休年龄了,前年学校就在传贾二要当校长,村里也在传贾二要当校长,贾二也认为他要当校长,于是有不少人提前改口,"贾校长""贾校长"地喊,贾二也没反对,笑着说:"我本来就是贾校长嘛——嘿嘿,看来不干不行了。"又私下说,他不想干,领导非要叫他干。

哪知道组织上看中了我,我压根儿没有想到。

上级到校宣布完任命,老师们都蒙了,你望望我,我望望你,有的在窃窃私语,有的在嗤嗤偷笑。贾二使劲抽了几口烟,一连咳了几声,把烟头猛地掷在远处的垃圾桶里,好像朝洞口扔手榴弹一样,又准又狠。大家以为贾二肯定有话要说,一齐看着贾二,想看贾二的笑话,哪知道贾二带头鼓起掌来,一边使劲地鼓掌,一边皮笑肉不笑地说:"我早就说过,我是假校长嘛。"贾二指指我,"他才是真校长。"老师们先是一愣,紧接着笑声一片,掌声一片,这热烈的掌声纷纷落在我的肩上,我的心上,我感到了前所未有的压力,心里顿时沉甸甸的。

放晚学,我和贾二没走,还在商议学校事情,村主任找来了,是我们旮旯村的,非要请我们喝酒,说要为我饯行。贾二说:"谢谢主任,我正好有事去不了。"村主任眼一瞪,蛮横地说:"什么事也不行。"强行拽起他就走。我们来到村会计家,村两委的主要干部都来了,酒杯筷子摆好了,菜一盘一盘往桌子上摆,有鸡,有鱼,有虾,有肉……满满一桌,热气直冒,香气扑鼻。一阵寒暄后,我们落了座。村主任首先站起来举杯向我祝贺,紧接着大家纷纷站起来举杯朝我贺喜,贾二环顾了一下,也慌忙站起来举起了酒杯,村主任正要开口说话,贾二突然不识时务地干咳了两声,声音很大。村主任顿了顿说:"刘校长在我们村小学干得不坏,老百姓都夸他,都舍不得他走,还要给他送锦旗……"话音未落,大家齐声说:"是呀,是呀。"村主任继续说:"我代表村民两委向刘校长……"话没说完,就被贾二突然冒出来的咳嗽声拦腰斩断,这次咳得非常厉害,脸都涨红了,贾二连忙扭头,脑壳对着桌子,防止飞沫咳到酒菜上,一边咳,还一边断断续续地说:"对,对,不起,感,感,冒了。"一桌子的酒兴被这讨厌的声音扫了一半。村主任端起酒杯,啪地砸了一下贾二的酒杯,然后一口喝干,说:"贾二,贾主任,刘校长初来乍到,你是老资格,人事熟悉,你要多多支持。"贾二拍着胸脯保证:"放心,为难他就是为难我自己!"我双手冲贾二一抱拳:"还要多仰仗老同学。"贾二竖着三角眼,咬着牙对我说:"你这样说就见外了,咱俩什么关系,还用说吗?"贾二脸色难看,那颗大龅牙更加吓人,活像一只青面獠牙的兽。那天贾二喝酒相当积极,主动进攻,左一转右一转地陪,喝酒也很干脆,总是一仰脖,杯底朝天,一滴不剩。大家觉得奇怪,贾二原来喝酒可不是这样啊,开始总是能赖就赖,能躲就躲,能装就装,然后,趁你喝得差不多时,突然发起进攻,两三杯酒就能把你撂倒。今天一反常态，出乎所有人的意料。散席了，我扶着贾二往家走，走了一截，贾二酒性发作，说实在走不动了，我只好驮着贾二，贾二趴在我的背上拍打着我的肩膀，喃喃地说："丢，丢了……"我喘着粗气问："丢了什么？"贾二不作声，我一连问了几声，贾二说："脸，脸，疼……""脸怎么啦？"贾二不作声，少顷，贾二鼾声响起，呼出的热气扇着我的耳朵。

贾二老婆拉开门，我背着贾二，径直走进卧室，把他掼到床上，仿佛卸下千斤重担。贾二仰面朝天，像猪一样，哼哼不止。贾二老婆把贾二鞋脱掉，衣服扒去，塞进被子里，手不停，嘴也不停，骂骂咧咧："瞧你这熊样，难怪村里人说你干不了校长。"又转头对我笑笑说："你能干，我早就知道贾二不行。"我朝她摆摆手说："不要瞎说。"就带上大门走了。"滚！"贾二突然爆出粗口，声音很大，大门也挡不住，我走出老远也能听到。

回到家，父亲质问我："你怎么把贾二的校长抢了？"

我直抓头，不知说什么好。

组织上看中我，我很激动，可是山洼乡中心小学地处穷乡僻壤，交通闭塞，师范生不愿来，科班出身的教师不多，多数是民办教师转正的，能勉勉强强把课上完就算不错了，哪里谈得上优质呢。我灵光一闪想到了奥数，也许这才是突破口。我首先征求贾二的意见，贾二眯着眼说："只要你提的，我都支持！"可是问题来了，我把全校数学教师排排队，发现能做奥数辅导教师的寥寥无几。没有办法，我只好亲自披挂上阵，我的数学不赖，在中学就有"数学王子"的美称，曾经获得过全县数学教学比赛一等奖。

山洼乡中心小学终于打了一场翻身仗。

县大会堂座无虚席，黑压压一片，王局长等一班领导端坐主席台。奥数比赛颁奖开始了，县教研室主任高声宣读获奖名单，"县一等奖，山洼乡中心小学……市二等奖山洼乡中心小学……省一等奖，山洼乡中心小学……"山洼乡中心小学的名字伴随着一阵阵热烈的掌声，伴随着无数惊异的眼神，在大会堂的上空不断响起。王局长当即表示，要带领全县各中小学的校长骨干教师到我们学校来开现场会，学习取经。我捧着奖状和奖杯，昂头挺胸，闪光灯在我面前闪个不停，我仿佛看到各种荣誉各种头衔，雪片一样向我飞来。

回到座位上，发现贾二不在，这家伙真是低调，颁奖会不愿参加，是我硬把他拖来的，叫他上台领奖，他也死活不肯，非要把我往台上推。我环顾四周，没看见贾二，贾二跑到哪去了呢？散会时，我上了一趟厕所，没想到这家伙一直蹲在里面关着门吞云吐雾。

2

下了车，直奔教育局，我兴冲冲地推开局长室厚实的大门，发现气氛不对。王局长端坐在黑色真皮老板椅上，抱着膀，绷着脸。局纪委的杨书记坐在他旁边,也绷着脸,正襟危坐。横在眼前的老板桌泛着红光,宽阔的桌面上并排躺着一个绿色的笔记本,一支黑色的钢笔,一个黄色的信封。我弓着腰喊了声王局长,又朝杨书记点了点头。王局长努努嘴示意我在离他不远的黑色转椅上坐下。宽敞的办公室内很静,只有电水壶发出呜呜的声音。

"有人把你告了。"王局长闷咳了一声,清了清嗓子说,"说你打着奥数的幌子,干的是非法的勾当,目的是贪污学校公款。"我一听,如雷轰顶,头脑嗡的一声,腾地站了起来,粗声粗气地说:"简直是一派胡言!"假如身边有桌子,那我肯定猛拍桌子。王局长皱了皱眉,摆了摆手,叫我坐下:"别激动嘛,举报信写到县纪委,我们不得不查呀,你要如实回答哟。"王局长拿起桌上黄色的信封举起来晃一晃,杨书记打开笔记本,握紧钢笔准备记录。"奥数班的学生,你们收过钱吗?""一次也没收,一分钱也没收,就连学生到县里、市里、省里参加比赛,来回车票、吃喝、住宿都是学校花的,不信,领导可以调查。"王局长点点头继续问:"辅导教师的加班费怎么发的?""按小时计算,上多少小时算多少小时,没多发也没少发。""奖金怎么发的?""学生在省里获奖的,一等奖奖励辅导教师一千元,二等奖奖励辅导教师八百元,三等奖奖励辅导教师六百元;在市里获奖的,每个奖项的奖金比省里的少二百元;在县里获奖的,每个奖项的奖金比市里的少二百元。奖项越高,奖金越高,按照获奖的数目计算,有一个算一个。关于辅导教师的奖金加班费的发放，并不是我自作主张临时决定的，而是先通过学校领导班子成员集体研究制定，再经教师代表大会通过……""好了好了。我问你，你照实讲，你也发加班费了吗？你也发奖金了吗？"王局长打断了我的话，质问我。我挺了挺身子，理直气壮地说："我也发了加班费，也发了奖金，按照规定发的。我也是辅导教师，我辅导的学生也获了大奖，王局长可以调查。"王局长叹了一口气说："不是我褒贬你，你干吗要参与辅导呢？你不是自找麻烦吗？你这样不就给别人留下话柄了吗？山洼乡中心小学那么多教师，难道找不到辅导教师？校长难干，容易遭到攻击，教师的眼里容不得沙子，你难道不知道吗？"我不服，梗着颈子，还想辩解。王局长摆摆手说："好了好了，今天的谈话就到此为止，你也不要发躁，干校长肚量要大，宰相肚里能撑船嘛。你回去照常工作，该干什么还干什么，只要做得对，我们会支持你。至于这件事怎么处理，我们会调查的，不会偏听偏信，你等候通知吧。"

那天我不知道我是怎么离开局长办公室的，不知道是怎样坐上大客车的，不知道遇到了哪些人，不知道是怎样回到家里的。一路上，有人和我打招呼，有人问我到哪里，我听不见，答非所问。我低着头，心里默念着，为什么？为什么？我究竟哪一点做错了？为什么会这样？

我第一时间告诉了贾二，贾二气得拍了桌子，摔了杯子，大骂："这肯定是内部人干的，卑鄙小人！"又附在我耳边小声说，

"凭你和王局长杨书记的关系,私下打听一下,究竟是谁干的,揪出来把他调走。"我一仰脖,干了一杯酒,瞪着血红的眼睛说:"打听个屁,领导会告诉你?这不是违纪吗?怎么查?既然是内部人,写信人还会写上真名字吗?你真呆。"贾二咧嘴笑了笑,从鼻腔里冒出两个字:"也是。"

这件事像长了翅膀,一夜之间,飞得很远很远,连老家的父亲也知道了。他步行五十多公里赶到我家,警告我:"儿呀,咱们家祖祖辈辈都是清白的,你不要丢祖宗的脸,再穷都不能动公家的歪主意,再困难也不能手长,你千万千万要记住!"

连父亲都这么说,我还有啥解释的,我只能把苦水往肚子里咽。

"校长肚量要大,宰相肚里能撑船嘛。"王局长时常告诫我的话又在我耳边响起。这段时间,我一直在反省,查找自己的不足,有空穴,才会有风来。我在校务会议上说:"奥数不能停,要照常进行,争取干得更好。从现在起,我继续辅导学生,保证不要任何报酬,请大家监督,但我强调,别的辅导教师,按既定制度执行,一分不少。"贾二首先站起来反对,说这样对我不公平。我摆摆手说:"别说了,就这么定了。"

秋季职评,高级教师指标,我校只有一个名额。符合评审条件的,只有我和贾二。我主动让给贾二,贾二不好意思要:"你的条件比我优先。"我拍拍他的肩膀:"别说了,就这么定了。"贾二眨眨眼怔怔地看着我。

举报之事，最终不了了之，到我校开现场会，也没有了下文。

3

那时候，回扣风盛行，哪个单位也挡不住。据我所知，有些学校的回扣，被校长及个别主要办事人私吞了。我把收到的每一笔回扣都如数交给学校，可这些回扣入不了账，做不了报表，会计摇着头说："回扣属于灰色收入，如果入账，那不就等于上面承认回扣是合法的吗？"贾二说："干脆不做账，发给办事人得了。"我绷着脸说："那可不行，否则跳到黄河也洗不清。"我要求会计单独做账，票据手续要齐全，所有回扣全部用于公事，任何人不得挪用，包括本人，收多少，开支多少，学期结束，财经审核小组要严格把关，张榜公布，接受大家监督。

万万没想到，还是出事了。

一天，杨书记带着局计财股石股长和几个专业会计，事先没下通知，没打电话，突然闯进了校园。

杨书记说："有人举报到市里了，说你们学校经济有问题，私设'小金库'。"我向杨书记说明了情况，杨书记说："有没有问题，你说了不算，我说了不算，还是让事实说话吧。"我点头称是。

"这个举报人真怪。"石股长私下和我说，"说句老实话，一开始，我是戴着有色眼镜去查的，我们把学校所有的账，账内的，账外的，都反复查了，没发现任何问题，虽说'账外账'有点违规，但也情有可原。我感到很奇怪，现在还有这么干净的人，我们不信。我和杨书记又进行了个别谈话，谈了很多人，想找到蛛丝马迹。杨书记说：'学校还有没有收入，有没有回扣没做上账的，被哪个人偷偷装进腰包的？你们跟我说，我会严格保密，不会让任何人知道。如果你们当面不说，也可以背后打我电话，发我邮箱，或者给我写信。'杨书记给每个谈话的人留了手机号、电子邮箱和收信地址，可一直没有人反映。这个写匿名信的人究竟要干吗？要么是头脑有问题，要么心怀鬼胎，要么有什么企图⋯⋯"

我两手一摊，苦笑一下："我也想不明白。"

"我建议你，最好挪个窝。"石股长和我私交不错，掏心掏肺地说。

我摇摇头，倔强地说："死也要死在故土。"

有一天去局里办事，在街上碰到张校长，张校长喝了酒，打着酒嗝，把我拉到没人的地方问我："你呀，你呀，真不知道怎么说你，收就收呗，还要做账，这不是授人以柄吗？"张校长在城北中学，我们相距甚远，不知他是怎么知道这件事的。

我大声说："不做账麻烦更大啊！"

张校长乜斜着眼，脸上挂着讥诮，嘿嘿几声走了。

这次举报虽然没查出什么问题，但谁都知道我们学校有账外账,影响极坏,我的"市优秀校长"称号也泡汤了。

贾二皱着眉说:"这分明是在故意找碴儿,故意想把水搅浑,你是不是和哪个有过节?是不是和哪个有世仇?上次和这次的匿名信是同一个人写的吗?总是在关键时刻捅你一刀。这个死对头,你心里应该有数了吧?"

"手痒就写呗,有力气就使劲写呗,管他干吗?哈哈哈……"我耸了耸肩,一阵大笑。

"咦?咦?"贾二盯着我,从头看到脚,好像不认识似的。

"看什么看,没见过美女呀?"我笑着打趣。

"你,你,怎么不老呢?吃长生不老药的啊?"贾二指了指自己的脸,"你看看,我老得不成样子了,我俩站在一起,谁都以为我是大叔辈。"

我仔细打量贾二,真像一根朽木立着,风一吹就能倒,脸色惨白,尖嘴巴,瘦面颊,连牙齿都包不住,那颗大龅牙更加鹤立鸡群。我关切地问:"你最好到医院检查检查。"贾二说:"查了,什么仪器都做了,啥问题也没有,一切正常,可就是感觉心里难受,浑身没劲。""哦,那你再到更大的医院查查,抓紧。"我反复叮嘱。凭我的直觉,贾二肯定有病,而且病得不轻。贾二要求辞去教导主任工作,我说:"你不用辞,我增设一名副的,代替你的工作。"贾二说:"占着茅坑不拉屎,那样做没有意思。"贾二确实瘦得可怜,态度又很坚决,我点了点头,并一再提醒他,烟不要抽了,酒不能喝了,贾二两手一摊,苦笑着说:"就好这一口，除非死了。"我摇了摇头，叹一口气走了。

4

"小金库"风波之后，王局长找我谈话，想调我到教育局，让我换一个环境，征求我意见，我同意了。王局长说："正式调动，还需政府同意，得走程序，你等通知吧。"我说："不急，谢谢王局长。"我把这个好消息第一时间告诉贾二，贾二有气无力地说："应该走，走得越远越好，远香近臭嘛。"

可就在这时，一封匿名举报信寄到了省里，说我妄图为某某元帅翻案。杨书记又来到我们学校，调查取证。

刚得知消息，我气得发笑，翻案？翻什么案？我根本就没那个意思，纯粹是污蔑造谣，恶意陷害。情况是这样的，我最近看了一篇文章，深受感动，文章题目是《黑土地之狐》，是写某某将军在东北战场以弱胜强转危为安大获全胜的故事。那晚，我们几个好友一起喝酒，贾二也在，我无意中说，某某将军虽然在新中国成立后做了不少错事，但实事求是地说，他打仗还是有几把刷子的。没想到有人暗记在心，断章取义，添油加醋，把打右派那一套搬到我身上……

杨书记让我写个检查材料，说明情况，我梗着脖子说："我说的跟党史记载的一样，凭什么写，错在哪里？"

他没有再坚持，感慨地说："算你幸运，碰上政治清明的时代,要是在过去,那你死定了。"

不用说,我的调动又黄了。

之后,我冷静多了,工作时专心工作,闲暇时读书写稿,教学论文和文学作品时常在大刊名刊出现。

如此,日子一天天过去。

后来,这里建了一座大桥,把山洼乡和隔江的芜湖市连在了一起。不久,我们这个乡并到了芜湖市鸠江区,我突然由乡村教师转为城里教师,工资一下子涨了好多,让那些头磨尖了钻进县城的同事或同学悔青了肠子,羡慕不已,他们跺着脚悲叹:"人要是有前后眼就好了!"

一天,我正在看书,听到贾二老婆大声哭喊:"贾二昏过去了!"我赶紧往贾二家跑。贾二倒在饭桌旁,张着嘴,微微露出眼白,两只空酒瓶,一左一右看着他。"贾二!贾二!"我大声叫着,他没有回应;我拍拍他的脸,没有反应;掐了掐他的人中,还是没有反应;摸摸他的胸口,心脏还在跳动。我马上叫来出租车,连夜把他送到省城最好的医院。专家确诊,肾癌晚期,必须换肾。医生说:"要八十万左右,抓紧凑钱,等到合适的肾源,立即手术。"贾二老婆吓得瘫倒在地,我扶起她:"不用怕,还有我呢,救人要紧,你在这里守着,我回去筹钱。"

贾二听了,一下跪到地上,对我说:"真的对不起你,这么多年。"我拉他起来,他不肯,反复说:"我有罪,我有罪……"